yamawaro
やまわろ
鈖子ふたみ
kaneko futami
大日本図書

やまわろ

装幀　こやま　たかこ
装画　丹地　陽子

一　異常気象

山に入って三十分ほどは、どうってことはなかったが、細かい雨がだんだん激しくなり、山道がぬれて足元が怪しくなった。

「だから中止にすべきだったのよ、昨日《きのう》っから雨だって言ってたのにさ、ばっかみたい」

相原絆奈《あいはらはんな》がリュックを揺《ゆ》すりあげてつぶやくと、

「るせえな、さっきから。今さら言ってどうなるよ、さっと行って、さっと帰るだけじゃん」

後ろにいた高池拓海《たかいけたくみ》が不機嫌そうに言った。絆奈と拓海は、小学校からの幼馴染《おさななじみ》だ。

「昔っから根性ないからさー」

また絆奈がつぶやくと、

「もうすぐキャンプ場よ、きっと」

と、前を歩いていた萩谷美羽《はぎたにみわ》が振り返って言った。

「それを希望いたします」

絆奈はあごを突き出して言った。

弥生高校の体育の単位には、スキー、スケート、サイクリング、遠泳などの野外授業があり、三年の間に一つとらなければならない。なかでも九月の終わりに行われる山歩きは学校の裏山に登り、一泊して帰るだけの比較的楽なコースなので人気は高い。が、今年は、裏山にがけ崩れがあったとかで、コースが遠方の山になったため、参加者は例年より少ない。それでも、一年から三年まで六百人のうち、三十人ほどが参加している。絆奈たちと同じ二年生が半分、単位を取りこぼしていた三年生が二、三人で、残りは一年生だ。

出発地点で自己紹介して、三チームに分かれたが、絆奈にとって、拓海と美羽以外は顔を知っていたかも、という程度だった。

《ま、一泊くらいどうにかなるっしょ》

絆奈は思う。

はなっから協調性などカケラもなかったが、適当に人に合わせるのは苦手ではない。

「みんな、元気出してー、あと三十分くらいだから」

前方にいた現代国語の千野里代子《ちのりよこ》先生が叫ぶ。

《まだそんなにあるのー》

絆奈は声に出さずにすんだことにほっとした。また拓海に不機嫌な声を出されると、本気のケンカになってしまいそうだ。この天候ではキャンプ地に着いても、火をおこしての飯ごう炊さんは難儀《なんぎ》だろう。

考えるとますます気は滅入り、足取りは重くなる。

《あんまり考えないことにしよ》

リーダーの言うことを聞いて、黙って体を動かすのみだ。疲れてはいるが、歩けないというほどではない。

体を前に傾け、ただ足を運ぶ。

しかし、ひどい雨は冷気を伴い、冷えは思考をマヒさせる。雨よけにかぶったパーカーのフードに落ちる雨はまるでつぶてのようだ。

《葉っぱが一緒に落ちてくるから、よけいうっとうしいってば》

絆奈は眉をよせる。ちぎれた木の枝や、まだ青いドングリもとんでくる。

酷暑で例年よりも暑さは長引いたが、九月も終わりになると急に冷えだし、早々と紅葉がはじまった。異常気象だ、温暖化、などと皆騒ぐが、十七歳の絆奈たちにはどんな季節もすべてが新鮮だ。老若男女、たくさんの人が出入りするこの山だってはじめての土地だ。

《なんで弥生《やよい》高校に来たんだっけ》

絆奈はぼんやりと思う。

考えると、ない盲腸が痛む。

高校まで二時間近くかかるため、毎日五時半に起きる。それほど来たかった学校だったか。いや、違う。第一志望校の受験日の前日、突然の腹痛に救急車で病院にかつぎこまれた。盲腸だった。無論、受験はパァ、急遽《きゅうきょ》、受験可能な弥生高校に願書を出した。もうすこし前、ちょっとおなかがしくしくしたときに病院に駆《か》けこんでおけば、テストだけは受けられたはずだった。

思い出したくなくて、忘れたくて、考えたこともない、弥生高校に来た理由。

第一志望を受けて落ちたなら、あきらめはつく。

第二志望でも……。

でも……。

《ようするに、ついてないのよね……》

旅行でも晴れたためしがないし、ほんのそこまで買い物に出て雨にあたってしまうほうだ。母は準備が悪い、と言うが、それだけじゃないような気がする。

《一年でも……二年でも、友だちできなかったし……》

前を行く美羽はまだいいほうだ。ときには話をすることもあるし、今日の体育も、美羽から誘ってくれた。

団地からバス、電車、バスと乗り継ぐ通学時間が長くて、学校に着いたときには疲れているし、さっさと帰らないと団地行の終バスに乗ることができない。もっとも乗り遅れたときには、母が駅まで迎えに来てくれるが、帰るまでの会話が面倒だ。

《都会の子はこういうとき、悪い道に流れて行くのかしら》

家に帰るのが面倒になって、渋谷や新宿あたりで仲間と時間をすごす間に、何もかもやる気をなくしてしまう。

なんで自分はここにいるのか。

中学のときの友だちや、その頃の遠足のことを考えていた絆奈はふと首をかしげる。

遠足は楽しいものだった。疲れる山登りでも、バス酔い寸前の美術館行きでも。着けば楽しめるだろうと希望をつないだ。実際、楽しかった。

なのに、今は……弥生高校に来たばかりに。盲腸になったばかりに。

《なんで、こんな過去のことを考えているの……》

仕方がなかったのだ、と納得しようとしていたのに。

ここでできる精一杯のことをやろうと、何か得られるのじゃないかと、今日までがんばってきたはずなのに。

「なあ、はんにゃ」

後ろから、拓海が声をかける。

「はんにゃじゃねえよ、絆奈だよ」

「人のこと言えないなあ。俺、さっきから今日、来なきゃよかった、とか、自転車の単位にすりゃよかったとか、んなことばっか考えてたよ。自転車に行こうとしたとき、ちょっとケガしちゃってさ、行けなかったんだよなー、とか、スケートは寒くてかったるかったんだよなー、とかさ」

すると、前方にいた美羽が振り返って言った。

「あたしもなの。本当は、去年参加するつもりだったのになあって。すごく後ろ向きなことばかり考えてた。……こういうときに明るいことを考えるのって難しいわね」

「……だな。俺、あんまり、過去のこと考えないっつうか、すぐ忘れるタチなんだけど」

「私もそういうタチだと思っていたんだけどさ。うん……それと、霧がね……やな感じ」

絆奈はあたりを見まわしてつぶやいた。雨なのだから見通しがきかなくて当然なのだが、木々の間を黒っぽい霧が動いていて、その霧がなんか嫌なにおいを放っているような気がする。まさかと思うが、意思を持っているかのようだ。

《これは……山のにおいじゃない……》

山を切り開いて作った団地に住んでいる絆奈は山のにおいには馴染がある。

《これは……アルコールのにおい……》

盲腸で入院したときのにおいだろうか。

胸が苦しくなる。

中学を一緒に通った同じ団地の女の子と、同じ高校をめざしていた。大学の付属高校だから、大学も一緒に通う予定だった。でも、その子だけが合格し、絆奈が遠くの高校に行くことになり、二人の仲はすっかり疎遠《そえん》になった。

絆奈がメールの返事も年賀状も出さなかったからだ。

何を書けばいいか、わからなかった。

楽しいことを書いても、つまらないことを書いても、なんだか白々《しらじら》しかった。

彼女に気を使われるのもうっとうしかった。いつか、わだかまりが消えるときがくるのだろうか。

美羽が振り返り、

「なんか、変な感じ」

と、胸のあたりを押さえながら言うと、

「大丈夫か?」

後ろの拓海が絆奈を飛びこして聞いた。

「順番、替わろうか? 私、二人の邪魔してる?」

「いいよ、くだんないこと言うなよ。だいだい絆奈が後ろにいたら、危なくてしょうがない。どっかでついて来るのがだるくなって、かってに座りこみそうだろ。足、ふみ外して斜面ころがったとしても、ころがり落ちてから、あれ、私、落ちてる、とか気づくだろーし」

拓海が言ったとき、突然、ピカッとあたりが光り、ほぼ直後に、ドカーンと落雷音が響きわたった。

「きゃー」

「うわー」

叫び声があがり、雨がますます激しくなる。

「雷……近くに落ちたかな。山火事にならなきゃいいけど」

絆奈が言うと、

「この雨じゃ、火なんて出ねえよ、いちいちマイナス発言すんなって」

拓海がどなった。

「あ、そうか、ごめん」

「いや、なんか、なんか言ってないと、気が遠くなりそうなんだ。俺こそどなってごめん」

「こん中で、精神保つほうが難しいわよ、私たち、いたいけな高校生だもん」

「木があると、水がたまってドサーッて来るんだよな、想像以上に雨の山道って危ねーな」

フードの前をしめているので、言葉がこもる。それを避けるために、拓海はどなるようにしゃべっている。

「お昼ごはん、食べられるのかな、予定はカレーだよね」

「……なんだよ、腹へったのか?」

「うん、まあ。前向きって言ってよ。一応未来の楽しみごとじゃん。だってさ、テント張って飯ごう炊さんやる予定でしょ、こんな天気じゃ、両方むりっぽいじゃん」

「……簡単なインスタントもんでも食べるんだろな」

「楽しみが一つへったね」

「トランプとか、やんのかな」

「わははは、トランプ、わはははは」

絆奈は全身がだるくなってきたような気がして、むりやり笑い声をあげた。

「ちょっと、そこ、とまって」

美羽の前にいた千野先生が叫んで、前に走って行った。

「この斜面の上に山小屋があるから、ここから登って」

「えっ、ここですか、道、ないですよ」

「大丈夫、大丈夫、先生、下見に来たことあるから」

「わかりました、ここですね」

「見えない？　ほら、山小屋があるでしょ」

「……んー、あれかな……」

前で誰かと話す声がして、斜面を登る前方の生徒の姿が見え、

「あなたたちもついてって」

と、千野先生にうながされて、絆奈たちも後を追う。

《大丈夫なの……》

不安に思っても、他にどうしようもない。

「着いたぞ、すげえな、なんじゃこりゃ」

「これ、小屋なの、築百年は超えてそう」

「カギは……必要なさそうだな……あけるぞ」

前方で誰かが言う声がして、絆奈が背を伸ばすと、まだ壊れていないだけ、と修飾語がつきそうなほったて小屋があった。

先頭の生徒がドアをあけて次々と中になだれこむ。

絆奈も美羽に続いて中に飛びこんだ。

●

山小屋と言うより、廃屋《はいおく》だ。窓ガラスは全部割れて、かわりに外から板が打ちつけてある。

すきまから入る稲光で、なんとか中のようすを知ることはできた。テーブルが二つとベンチがいくつかある。小学生のハイキングコースになっている山だから、宿泊設備など必要ないのだろう。

《けど……なんで、道を外れたところにあったのかしら……》

絆奈は思う。

「電気はないのかしら」

最後に入ってきた千野先生が言った。

「ランプの油が切れているんですよ」

しゃがれた声が聞こえて、きゃーっと女の子の叫び声があがる。絆奈も思わず美羽に抱きついていた。

ものも言わずふるえている美羽に、

「ごめん、いきなり抱きついて」

と絆奈が言うと、美羽が首をふった。

「ううん、ただびっくりしただけ」

「私も女の子だねえ、拓海じゃなくて、美羽に抱きついちゃった」

「俺だったら、はんにゃの一人や二人、いつでもオーケーなのに」

「はんにゃじゃねーよ、ばーか、お断りだね」

言い合っていたら、

「いや、驚かせて悪かった。キノコ採りに来て、雨にやられましてね、赤江七之介と申します」

奥の暗がりに人影が立ちあがる。声の感じから言って、お年寄りだろう。

「あ、こちらこそお騒がせしまして。弥生高校の生徒たちと、私は引率の千野と申します。まだ、何人か来るとは思うのですが」

千野先生は心配そうにドアのほうを見ながら言った。

「いやいや、よくこの山小屋がわかりましたな。しばらく使われてなかったんじゃが」

赤江老人が言った。

「ええ、……下見に来たことがありますから」

千野先生が言った。

「ほう、そりゃあ、感心だ。こんな簡単な山だとバカにしますからな」

「ええまあ」

口ごもるように、千野先生は言った。

《どうして使われていなかったのかな……》

絆奈はなんとなく嫌な感じがして仕方がない。

「……私たちって、第二グループだったわよね」

静かな声で美羽が言った。

「だよな。前のグループは、先に行ったたってことか？　それに、後ろのグループとか、もう一人引率の先生がいたはずだよな」

拓海がこたえたが、絆奈ははっきり覚えていなかった。美羽と拓海と千野先生だけ見ていればなんとかなると思っていた。

《引率が二人に、生徒十人いたような気はするけど……》

絆奈は小屋の中を見まわす。暗くてわからないが、千野先生、美羽、拓海と絆奈以外に三人か四人か……他の子はどうしたのだろう。

まさか道を先に行ってしまったのでは……。

凍える季節じゃないから木の陰にいれば雨をやりすごすことはできるだろう。二時間もすれば、やむに決まっている。


ピカッ、ピカッ……


すきまからさしこむ稲光に照らされた内部にはざっと数えて七人、八人か……。

《なんか……やな感じじゃやな感じ》

絆奈は心の中でつぶやく。そうしていないと、どうにかなってしまいそうだ。

皆、何かを感じているのかしーんとして、リュックから出したタオルで体をふく音だけがしている。

千野先生が頼りにならないとしても、キノコ採りの老人は山に詳しいだろうし、山小屋がある以上、人の来ない場所じゃないだろう。学校だって行事があることをどこかに報告しているはずだ。迷子になれば、誰かが通報してくれるに違いない。

「懐中電灯、持ってたっけ」

誰かが言い、リュックをごそごそあさる音に続いて、ピカッとあたりが照らされると、きゃっ、とまた声があがった。

「さおり、いちいち驚くなよー」

「だってー、敦《あつし》がびっくりさせるからあ」

男女の声があがり、ほっとした空気が漂う。懐中電灯に照らされた室内を見ると、床に座ったり、ベンチに座ったり、それぞれ好きな場所に体を落ち着けている。

「なんか、腹へったな」

誰かが言った。

「あめやチョコレートならそれぞれ持っているわよね」

千野先生の言葉に、やっと気づいたようにそれぞれ自分のリュックに手を突っこむ。絆奈は空腹などどっか行ってしまったようで、ただ気持ちを落ち着かせるためにあめを口に放りこんだ。狭い山小屋に激しい雨音が鳴り響く。

皆、疲れ切っているのか黙りこんでいる。

「体の具合いの悪い人はいない？　寒くない？」

また千野先生が声をあげる。

涼しくなりかけた季節とはいえ、防水性の上着を着ていたので絆奈はさほどぬれてはいなかった。隣で、ごほごほとセキをした美羽に、

「大丈夫か？」

と、拓海が聞く。

《ふーん、つまりそういうことだったのか》

三人がけのベンチで、また二人の間に入っていた絆奈は、居心地悪くて、

「替わる？」

と拓海に聞いた。

「だからさ、そうじゃなくってさ、……美羽、喘息《ぜんそく》があるって」

「そ、そうなの。詳しいわね」

「んなの、一年半も同じクラスにいりゃ、わかるじゃん、去年だって二度も入院したんだから」

そうだったっけ、そもそも去年も同じクラスだったっけ、そうだ同じクラスだ、と絆奈

が考えこんでいると、美羽が言った。

「拓海君、大丈夫だってば。もう平気」

美羽はリュックから手袋とマフラーを出して、

「ね、自分の身は自分で守らなくっちゃ、子どもじゃないんだから」

と言って、頭からマフラーをかぶり、手袋をはめた。

《喘息？　入院？　そうだったっけ…》

もう一度、絆奈は心の中で自問した。去年も同じクラスだった美羽が、いつ、どのくらい入院していたのか、思い出せなかった。特に親しかったわけでもないんだから仕方がない。

「困ったわね……、携帯電話が通じないわ」

千野先生が言うと、

「オレもさっき試したんだ」

と、誰かが言い、私も、僕も、と声があがった。皆、心配させたくなくて黙っていたのだ。

「山に登っていることはわかっているから、大丈夫でしょう。何か、話でもしましょうか」

千野先生が言った。

「怪談はやめて」

「わい談がいいな」

「笑える話がいい」

落ち着いたのか、冗談も飛び交うようになる。

グループを組んだとき、胸に名札をつけて、キャンプ中はその愛称で呼ぶことになっていたが、絆奈はそんなのどうでもいいと思っていた。覚える気もまったくなかった。そして、自分も誰の記憶にも残らないタイプだと思っていた。

「このあたり、どんなキノコが採れるんですか」

千野先生が、赤江老人に聞いた。

「いやー、わしはムラサキシメジが専門じゃ。キノコは怖いから、知っているものしか採らないんだよ」

赤江老人が言った。

「私、前にこの山のふもとにある中学出身なの。だから、この山に来たことがあるの、遠足で」

とうとつに、女の子が言った。一年生の山田さおりだ。

「あのときも、聖子とジュンと一緒だった……。さっきまで一緒だったのにどうして……」

途中からさおりの声が震える。

「別の所に避難してるんだろう、向こうだって同じこと思ってるよ」

岡山敦が言った。さおりは敦にしっかりしがみついているようだ。

「この山でね……、事件があったのよ、私が中学のときに。なんだったか……、よく覚えていないんだけど、えっと女子高生が……」

さおりが言いかけたが、

「そんなことありません。事件なんかあったら、ここでこんなことしません」

千野先生がきっぱりと言い切る。

「わしも知らんな、近所に八十年以上も住んでいるわしが言うんじゃから、嘘《うそ》じゃないぞ。まだぼけてもおらんしな、ははは」

赤江老人が、軽い笑い声をあげた。

「そ、そうですよね、赤江さんが言うんですから……」

「じいちゃんでいいですよ、赤江のじいちゃんで通ってます。八十八になるんですよ、このわしが登る山ですから、ご心配せんように」

「うひょー、八十八ってことは、戦争をご存知なんですね」

向こうのほうに座っていた男子が言った。

「もう、失礼よ」

「いやいや、こんな年寄りに会うことなんて、そうないですから、言いたくもなりますよ」

黙っているのも疲れるのか、皆てんでにしゃべりだす。

「第二次世界大戦のこと？　七十年前だっけ？」

「第一次とか、第二次、とか言うと、第三次がありそうな気がしていやだな」

「…やだもう、受験のこと思い出しちゃう」

「日本史、取る？」

「文系だったら、日本史を避けるわけにもいかないでしょ」

「こんなトコで受験の話はやめようぜ」

絆奈はぼんやりと皆の話を聞いていた。

《ほんと、面倒くさいことに巻きこまれちゃったなあ》

拓海や美羽、千野先生の声ははっきりわかるが、他は誰の声かわからない。

《気味が悪い……》

両手で両肘《りょうひじ》を抱く。

体があたたまり、一息ついた美羽は、ふっと息をはいて、ちら、と絆奈をうかがった。

無表情に、宙をながめている。まるで、そこに何かあるの、と聞きたくなるような目で。

いつものことながら、絆奈の考えていることはわからない。

《さっきも……》

びっくりしたのはわかるけど、なぜ、自分に抱きついたのだろう。正直、美羽は絆奈が苦手だった。朝、挨拶したのに、昼には今来たの、と言いたげな顔をするし、一週間入院していたのに、昨日も会ったような顔をする。拓海と仲がいいのは知っていたから、さっきの場合、自分じゃなくて、拓海に抱きつきそうなものだ。

美羽のことを柱かなんかだと思ったのだろうか。

《今だって、食べ損ねたカレーのことでも考えていそう……》

いや、何も考えていないみたいだ。まるで、雨なんかなかったみたい。見知らぬ小屋で雨よけをしているのではなく、いつもの場所でうとうとしているみたい。

向こう側にいる拓海のほうがよっぽど緊張した表情をしている。

《それより、カビくさいわね。この小屋、入ってもよかったのかしら……》

嫌な感じがする。

この小屋のせいか、それとも空気のせいか。

使われていない小屋はカビだか、腐った木だか、何かわけのわからないにおいがする。

たぶん、皆感じているのだろうが、気づかないふりをしているのだ。

《なんか……、頭が重い……》

自分が自分でなくなってゆくような、全身から精気が引いてゆくような気がする。

その美羽の脳裏《のうり》にちらりと何かがよぎったような気がした。

「何か、忘れていることがある……、この山で……」

思わず美羽はつぶやいた。

「え、薬を忘れたんじゃないわよね」

千野先生が聞く。

「いいえ、この山のこと。なんか……」

美羽が言うと、

「まさか、こわーい話じゃないよな、それなら言ってくれるなよ」

拓海の言葉にわっと笑い声があがる。

「怪談じゃないわ……、本当のこと……、山の……なんだったかしら……、事件？　事故？」

さっき、誰かが事件があったとかなかったとか言ってなかったか。

自分もその話を聞いたことがあったような……、目をつぶって記憶をたどる。

思い出せない。

「おいおい、途中でやめるなよ、怖いじゃないか」

また、雑談がはじまる。

「山だからさ、落ち武者とか、……マタギとか、金太郎とか、そんな話はあるんじゃないか」

「この山にクマはいないわよ、クマは。タヌキとか、ノウサギ、ノリス、イノシシでしょ」

美羽はフードをまぶかにかぶり、深い呼吸を繰り返した。

「そんなんじゃない……」

何か聞いたことがある。

友だちに？

《そんなわけはない……、友だちなんていないもの……》

自分は病気に逃げこんで、しょっちゅう休むから友だちがいないのだとごまかしていた。

《休んでいたからしょうがない、病気がちだからしょうがない》

いつもそう言って、孤独な自分に我慢している。

今もできるだけいい子でいようとしている。


生徒たちが騒ぐ中、千野里代子は眉をよせて美羽を見つめた。暗さに慣れた目に、美羽の真っ白いパーカーが浮きあがって見えた。一瞬、美羽と目が合った気がして、作り笑いを浮かべる。

それから、さおりに目をうつす。

《まさか……、この子たち、あのこと知っているわけじゃないわよね……》

さっき、むきになって否定したから、かえって印象に残ってしまっただろうか。

《私たちが……悪いことをしたわけじゃない……決して……》

千野里代子は両手をにぎりしめる。

《どうしようもなかった……、何もできなかった……》

でも、この山はさけるべきだったのではないか。

経験の浅い高校生をつれて行く山としてはてごろだからといって、わざわざこの山に来ることはなかった。山登りなど、今年は中止にしてもよかったのではないか。

《せめて、この山小屋はやめるべきだったかしら……》

道を外れた場所にある山小屋など何かいわく因縁《いんねん》がありそうだ、頼らないほうが身のためだね、と下見に来た同僚と話したのに。

まさか、何者かがここに導いた……。

このあたりにさしかかったとき、突然、ここに山小屋があったことを思い出したのだ。それまで、先のキャンプ場に行くことしか考えていなかったのに。

《まさかまさか。そんな変なこと考えてはだめ。子どもたちがおびえるわ。高校生なんて、まだ赤ん坊みたいなもんなんだから。それにしても、他の生徒はどうしたのかしら》

自分のグループの十人を思い浮かべようとするのだが、頭に浮かばない。教師になって十五年、一日目にクラス全員の顔を覚えるのは特技だった。たかだか十人、覚えていないわけはない。そのへんで会っても、いつのどんな生徒だったかちゃんとわかる。どんなにおとなしい地味な子でも。

《いえ、今はぐずぐず考えている場合ではないわ。とにかく、ここにいる子は絶対守るのよ。ちゃんと、元気でケガなく、ご両親の元に返さなくちゃ》

千野里代子は、心に誓った。

「ねえ、みんな、ちょっと静かにしてくれる？　なんか……音が聞こえない？」

絆奈が言った。

急にしんとして、雨音が響き渡る。

「雨の音がするよ」

拓海が言うと、美羽が言った。

「ううん、なんか、低い動物がほえるような……、何か……なんていうのか」

「ここ、熊は……いないけど、イノシシはいるよな」

拓海が言った。

「しっ……、こりゃ、こりゃまずいぞ」

赤江老人の目が懐中電灯の光の中でぎらっと光る。

「山崩れじゃ、小屋ごと持って行かれるぞ」

「えっ」

「きゃー」

「静かに……、あっちに逃げろ」

誰がドアをあけたのか、どんな順序だったのか、絆奈はよくわからなかった。誰かに手を引っぱられ、自分も誰かの手を引っぱって外に飛びだしていた。

ゴーッ

地鳴りのような音と共に、石や泥や木々がなだれてきた。

走った。

どこに向かっているのかわからなかったが、絆奈は走った。

何も考えずに。

いやなにおいが迫る。

足元が滑り、頬や背中に何かがぶつかる。

「ぎゃー」

「うわあっ」

「助けてっ」

いろんな声が飛び交い、ばりばり、がりがりっ、木々や何かわからない音が四方八方から迫り、絆奈は地面に投げ出された。

地面を転がり、何かにぶつかり、

「うぐっ」

背中をしたたか打ったらしく、気が遠くなった。

二　てのひら

「おい、はんにゃ、大丈夫か」

「ううう、はんにゃじゃねえよ」

「お、生きてるじゃん」

絆奈がゆっくりと目をあけると、拓海がのぞきこんでいた。

「ほんと、生きてる……」

自分でもつぶやき、起き上がろうとするが、

「痛たた」

右手首をひねったらしく、手をつくと痛みが走った。

あたりはうすぼんやりと明るい。目だけを動かすと、枯れ草の中に転がっているらしいことがわかった。絆奈は目を空に向けて言った。

「満月ね……」

「まったく、のん気ねえ、気がぬけるったら」

声のほうを向くと、美羽ともう一人女の子がいた。

《誰だったっけ……》

同じ二年生のような気がするが……、考えていると、名札が見えた。

《ユイ、そうだ、多喜川ユイ、たしか去年同じクラスだった》

絆奈は名前を思い出してほっとした。いくらなんでも、同じクラスだったことのある同じグループの子を忘れたなんて言い出せない。

「起きるか?」

拓海に助けられて、絆奈は起き上がる。

「ありがとう」

「どこか痛いところは?」

美羽が聞く。

「手首だけ。体もなんだか痛いような気がするけど」

絆奈は立ちあがって、手足を伸ばして屈伸をしてみたが、ぶつけたらしい痛みはあったが、右手首以外はたいしたことなさそうだった。

「拓海と美羽とユイは、ケガは？」

「あたしは平気」

「私も」

美羽とユイがうなずく。

「あたしが気づいたら、ユイが横にいたの」

「私は逆ね、気づいたら、隣に美羽がいた」

「私、誰かの手をにぎってたんだけど……、拓海と美羽だったのかな」

絆奈が言うと、美羽がこたえた。

「じゃあ、あのときの手は絆奈だったんだ、あたし、左手をひねったみたい」

「私、長らく寝てたの？」

「いや、よくわからない。俺も目を覚ましてきょろきょろしていたら、あっチクショー、時計が壊れている」

拓海が腕時計を見てつぶやく。

「時計だけじゃないわよ、携帯もデジカメも動いてないわ……、けど……わかんないほうが気楽かもしれないわね」

美羽が言った。

あぐらをかいてあたりをきょろきょろしていた絆奈は、木の陰に女の子がぼんやり座りこんでいるのを見つけた。絆奈が、ねえ、あの子、と美羽に目配せすると、

「あ、さおりちゃん、大丈夫？」

美羽が聞いた。

山田さおりは黙ったまま首をふる。

「しっかし、災害に女は強いって言うけど、ホントだな。男は俺一人かい」

拓海が鼻をならす。

さおりを美羽にまかせて、絆奈は周囲を見まわす。小屋を出て、そのままどのくらい走ったのかわからないが、近くに小屋の残骸《ざんがい》はない。枯れた薮《やぶ》の中の、ぽっかり明いた空間に五人がいる。

「ねえ……、本当に山崩れ、あったのかな……、土砂崩れがあったように見えないんだけど……、それに……ぬれてないような……」

絆奈は、自分が生きているのかいないのか、現世にいるのかいないのか、そう心に言葉が浮かんだが、口に出さなかった。

「まるで、……青木が原の樹海」

さおりがぽつんとつぶやく。

一瞬、絆奈は拓海と目を合わせたが、あわててそらした。拓海も言ったのが、絆奈なら、黙れ、とどなったところだろうが、さおりではさすがにどなれなかったのだろう。ただし、その言葉は心に浮かんでいたに違いない。

すると、あたりの木々がまるで返事をするように揺れ、自分で言ったくせに、さおりがきゃーっと叫んだ。そのとき、がさがさっと音がしたと思うと、男子生徒が姿を現した。片足を引きずっている。

「さおり、無事だったか」

さおりが小屋でしがみついていた岡山敦だった。

「敦」

ぱっとさおりの顔が明るくなる。

「いや、ひでえ目にあったな、オレら、意外とラッキーでやんの、なあ、さおり、悪かったな、どっかで手え離したらしくって。手ってのは、案外はずれちゃうな」

敦の間が抜けた口調に場がなごむ。

「敦、時間わかるか?」

拓海が聞くと、敦は首をふった。

「だめっす。壊れてるらしくって」

「そうか……ま、どうでもいいっちゃ、いいんだけど。とにかく、このままここにいるか、山をおりるか、考えなきゃなんないな」

拓海が言った。

山崩れがあったとしたら、弥生高校の生徒がここにいることはわかっているのだから、助けが来るのは当然だろう。

しかし、もしやられているのがここだけじゃなかったとしたら。

町中が軒並みやられているとしたら。

絆奈は心に浮かんだ問いを飲みこむ。

おそらく、皆、同じだろう。

静まり返ると風音だけが響き、その中に溶けてしまいそうだ。

「あんまり、考えこまないようにしましょう。とにかく、女子は、絆奈、美羽、さおりと私の四人、男子が、拓海と敦の二人、合計六人ね。たぶん、夜だからあんまり歩きまわらないほうがよさそうね、道がわかるわけでもないから。陽が出てから考えましょう」

ユイが言った。

《あれ……こんなにしっかりした子だっけ》

絆奈は思い出そうとしたが、できるわけもなかった。幼馴染の拓海のことならともかく、一年からずっと同じクラスの美羽のこともよく知らないのだから。

《でも、よかったな、ユイがいて》

こんなしっかりした子が一緒なら、なんとかやりすごせるだろう。

「今頃、学校、大騒ぎだろうなあ」

敦がのんびりと言うと、おしゃべりがはじまった。

「やっぱり学校の裏山か、それがだめなら中止にすりゃーよかったんだよ」

「新しいキャンプ場ができたからって、なんでわざわざ変えなくちゃなんないのよ」

「市長よ、市長が県内の高校生の体育の単位をここで取らせて、高校同士の交流をしようとしたのよ。それと、同じ思い出を持てば、郷土愛がめばえるとかなんとか」

「よくわかんねえなあ。けど、これで今回が最後になるんだぜ」

「……なんだか、変な話よねえ」

ぽつぽつ話している間、奇妙な臭気がするのを絆奈は感じた。
《血のにおいみたいな……》
絆奈は思ったけれども黙っていた。

山田さおりは敦の腕をしっかり抱えていた。

「ちっくしょー、足、くじいちゃって、痛くてしゃーない」

敦が言った。

「サッカーの試合、近いんじゃなかった？」

「ああ……この程度なら、なんとかなるとは思うけど」

さおりは敦の足をさする。しかし、本当に気になっていたのは、一緒に来たはずの聖子とジュンのことだった。中学のときからの仲よしで、三人で勉強して弥生高校をめざした。けれど、二人とはクラスが分かれてしまい、さおりに彼氏ができたときからなんとなく三人の関係が変わってしまったような気がしていた。

二人がよそよそしくなったような気がする。

そして今。

《女の友情なんて……こんなものなの……》

さおりはますます敦の腕を抱える。

高校に入ってすぐ、敦とつき合いはじめた。最初に隣の席になったのが、敦で、すぐに仲よくなった。サッカー部の敦はすぐに評判になり、近隣の女子高生がキャーキャー言い出した。

「ねえ、どうしたらいい？」

と、さおりが二人に相談すると、

「早くしなきゃ、他の子に取られちゃうよ」

「さおりなら大丈夫だって、かわいいもん」

と、聖子とジュンは言った。

「メールでいいかな」

さおりが言うと、

「直接がいいわよ」

「呼び出してあげるから」

と言って、駅前に呼び出してくれた。

「あの、私とつき合って……」

さおりが言いかけたとき、

「オレとつき合ってください」

と、敦が言った。

それが今年の五月だ。

最高の高校生活のスタートだった。

《でも……》

敦といる時間が長くなると、聖子やジュンと遊ぶ時間が少なくなった。メールだけは毎日交換していたが、学校の帰りも別になることが多くなっていった。

今日も、一緒に誘い合ったのだが、同じグループになれなかった。さおりにはその理由がわからない。二人が、一緒のグループになりたい、と届けを出していなかったのじゃないかと疑っている。もっとも、二人は第三グループだったから、さおりのすぐ後ろを歩いていたのだけど。すこし前までおしゃべりしていたのだけど。

二人に彼氏ができて、六人で遊んで。

いろんなことがあって。

二十代、三十代……。

ずっと一緒にいられると思っていたのに。

「ケガしてないのか」

敦が言った。

「うん、ずいぶん転がったはずなのに」

「そうか、よかったな」

ケガをしてなければ、洋服もさして汚れていない。

《ぬれていない……》

さおりは思ったが、口には出さなかった。

「ね、敦の腕って気持ちいい」

「何言ってんだよ」

「へへ、ずっと一緒ね」

余計なことは考えないほうがいい、特にこんなときは。

悪いことを考えるとだいたい、悪いほうに転がってゆく。

《敦のケガはすぐ治る……ジュンや聖子にもすぐ会える……》

さおりは心の中で繰り返した。

●

さおりと敦を見るともなしに見ていた絆奈は、妙な物音にギクリとした。

ガサ……、ゴソ……。

音と共に、皆、自然に近寄る。

「イノシシかしら」

ユイがつぶやく。

美羽が軽いセキをして、ふうーっと息を吐き、深い呼吸を繰り返す。

「薬か何か？」

拓海が聞くと、美羽は軽く首をふって、

「平気、ホントにダメなときは言うから、この程度は知らんぷりしてて」

と言った。

木陰から姿を現したのは、千野里代子先生だった。

「あら、みんな、ここにいたの」

「きゃー、先生っ」

ユイが甲高《かんだか》い声で叫び、いきなり立ちあがって千野先生と違う方向に走る。

「ちょ、ちょっとユイ」

絆奈はユイを振り返ったが、

「キャーッキャーッキャーッ」

さおりの悲鳴に、うげえ、うわっ、などと皆の声がかぶさる。

「せん……せい……、それ……」

拓海がかすれた声で千野先生のおなかのあたりを指さす。

先生の左手にてのひらがにぎりしめられている。

人はいない。

手だけだ。

「え、い、いやっ」

その場に、千野先生はへたりこむ。

「先生……」

美羽が四つんばいで千野先生に近寄り、ガタガタ震えている千野先生の指を広げると、ころんとてのひらがこぼれ落ちる。

「……誰……誰だったのかしら……、こんなことなら、離してあげれば……」

千野先生はじっとてのひらを見て嗚咽《おえつ》をあげた。誰かの手を持っていた手を顔にあてるのをはばかったのか、顔をひざにつけている。

「あっあっ」

拓海が指さす所を見ると、てのひらが見る間に干からびて、真っ黒になったかと思うと崩れて小さな煙となって消えてしまった。

「なんで……、なんで消えるの……、なんで……、美羽ってば……、どうしてそんな風に……」

絆奈がつぶやく。

「あたし、何度も入院したから……わりと平気なの……、でも、こんなのはじめて……」

美羽が言う。

「そっかあ、いろんな経験するってのもなかなか、なあ」

と、拓海がわざとのように元気に言ったが、場はなごまない。

びっくりして走り去ってしまったユイが気になって、絆奈は立ちあがり、

「ユイーッ」

大きな声で叫んだつもりだったが、ノドがふさがっているようでたいして大きな声は出ない。

《なんだろ、これ……》

絆奈は眉をよせる。

「いったいどうなってるんだよ、ここは……どこなんだよ」

さおりとくっついてすこし皆と離れた場所にいた敦がつぶやいた。

「しっかり……、しっかりするのよ、泣いている場合じゃない。……ない。しっかりするのよ」

千野先生は何度もつぶやき、ポケットからティッシュを取り出し、鼻をかんだ。

「なんにもなかった、だってなんにもないんだもの、なんにもなかった」

なおも千野先生がぶつぶつ言っていると、

「先生、無理しないで」

美羽が言った。

「やだ、どうしよう……、みんなとはぐれちゃった……」

ユイは周囲を見てつぶやいた。

枯れ草ばかりだ。

どうして夏が終わったばかりなのに、枯れ草ばかりなのだろう。

しかし、さっきの千野先生の姿を思い出すと、吐きそうになってその場にしゃがみこんだ。

血のにおい……。

《やだもう…　あの美羽って子、なんだか気持ち悪い》

大きなうるんだ目で黙って周囲をじっと見つめている。あの目に見つめられると何もかも見通されてしまうような気がする。

《病気がちな子って……神経がとぎすまされているって聞いたわ……》

何もわからないほうがいい。

何も感じないほうがいい。

何も……。

ユイは首をふり、美羽に対する違和感を消そうとした。

こういうとき、誰かを敵視するのはよくない。皆と同じように、流れに身をまかせているほうがいい。

ユイはむりやり笑顔を作る。

《笑顔、笑顔……》

「なんでも楽しそうにやると、人は集まってくるんだよ」

そう教えてくれたのは父だった。

小学生のとき、トム・ソーヤの冒険を読んでくれた。

トムは、つまらないペンキぬりを言いつけられて、あたかも楽しそうにぬってみせ、他の子をうらやましがらせたのだ。

「つまんなそうな顔をしていると、人は遠ざかるんだ。皆、楽しいことが好きなんだよ」

ユイはカガミを見て、一生懸命笑顔の練習をした。

「ユイはかわいいなあ、いい笑顔だなあ」

父はいつもそう言ってくれた。

「大丈夫、大丈夫」

ユイは自分に言い聞かせた。

絆奈たちがすこし落ち着きを取りもどしたとき、キャーッ、と叫び声があがった。

「ユイ、だよね？」

絆奈が言うと、

「たぶんな」

と、拓海がこたえた。

「な、なんだ？　何があったんだ？」

「敦、どうする」

敦とさおりが二人で立ちあがり、声と逆のほうに体を向ける。

中途半端な姿勢で絆奈が、ユイを助けに行くべきか、逃げるべきか迷っていると、

「悪かった、驚かせて、すまん」

しゃがれた老人の声が聞こえた。赤江老人だ。

「あれ、じいちゃん、無事だったんだ」

拓海が言い、失礼よ、と幾分冷静さを取りもどした声で千野先生が言った。

「向こうに、皆、いますから」

とユイの声がして、ユイと赤江老人が姿を現した。

「ごめん……、一人で逃げて。血は……苦手なの」

ユイが言った。

「ううん、仕方ないわよ、あたしは腰がぬけて動けなかっただけだし」

と、美羽が言った。

あのてのひらが黒くなって消えてしまったことは言う必要はない、と絆奈は思った。

千野先生が、赤江老人に頭をさげる。

「えっと、赤江さん、ユイ、拓海、絆奈、美羽、さおり、敦、そして私で八人ね、今のところ。赤江さん、本当にありがとうございました。逃げろって言って下さらなければ、どうなっていたことか」

「いえいえ、そんなこと、ご無事でなにより」

赤江はその場に座りこむ。

「あの、赤江さん、このあたり、見覚えありますか」

拓海が聞いた。

「いや……、山ン中で迷わないコツは、道を外れないことでな。道から外れた場所のことは詳しくない。まあ、あの山小屋から東に走ったんだから、こんな感じだとは思うが……、地形はよくわからないな」

赤江老人はゆっくりとしゃべる。

「あの……、おケガは?」

千野先生が聞く。

「いや、幸いケガはないようじゃ」

しかし、絆奈は赤江の左のてのひらが真っ黒に見えて、どきりとした。さっき、千野先生が持っていたのは左のてのひらじゃなかったか。

まさか、と絆奈はあわてて打ち消した。

そんなことどうやっても説明がつかない。

「とにかく、すこし休みましょう」

千野先生が言うまでもなく、皆、てんでに座りこんでいる。

「月明かりってって結構明るいのね」

絆奈が言うと、拓海が言った。

「度胸座ってんな、おまえ」

「でも、そう思わない？　こんなに明るいとは思わなかった」

本当は、何か妙な気がしていた。今は、満月だっただろうか……。ほんのすこし前に中秋の名月を愛《め》でたのではなかったか……。

頭がぼんやりとして絆奈は考えがまとまらない。

《頭でも打ったかな……》

いや、もともと深くものを考えるのは得意ではない。

《何か……、いえ……全部変なのよ……》

夜だから遠くを見通せないのは当然だが、変に明るく平面的で、すこし遠くなると突然視界がくもってしまう。

《霧……》

木々の間を暗い色の霧がまるで生命を持っているかのように食指を伸ばしている……ように見える。絆奈は立ちあがり、そろそろと歩き出した。

「何、どうした？」

拓海がついてくる。近づけば、見通せるのかと思ったが、薮の奥は真っ暗でさほど遠くまでは見えない。

「なんか……、変な感じがして」

霧にふれた絆奈は、あちっ、と手を引っこめた。

「大丈夫か？　……霧にさわった？」

「うん……なんか、火傷《やけど》したみたいな……」

「どれ」

絆奈の手をとって、拓海が、ここか、とふれると、

「痛っ」

激痛が走って絆奈は手を引っこめた。

「霧をさわってこうなったの？」

「うん、そうみたい。……変じゃない？　だいたい最初にいたのは、四人でしょ、みんな霧の向こうから来たような気がするんだけど」

絆奈が言うと、拓海は眉をよせる。

「変って言ってもな……そう考えると、……誰かを疑わなきゃならなくなるだろ。だから……考えないほうがいいんだ」

意外な返事に絆奈は、言葉を飲みこむ。

「あんまり、皆から離れないほうがいいよ」

拓海が腕をつかんだので、絆奈はビクッとした。

「なんだ、ここもケガしてる？」

「ううん、違う。何か……生き物の気配がするような……」

それは霧の中なのか……、空か地か……。

「……ここはいったいどこなの……」

絆奈が小声で聞く。拓海は幼馴染だから、気心は知れているが、他のメンバーは絆奈にとって、本当に知っているとはいえなかった。グループを組んだ時点で自己紹介をしたし、名札をつけてはいるが、本当に同じ弥生高校の生徒だったか。途中から誰か紛れこんでいるのではないのか。

誰かとは誰か。なんのために……。

《赤江さんは……いったい》

八十を過ぎた老人を絆奈はテレビ以外で見たことはなかった。一番の年寄りは、来年退職だという高校の美術の先生だ。だから、たぶん、六十五位。

《まるで……山姥《やまんば》……じゃなくて、山爺《やまじい》、なんてあったかな》

キャンプの間は名前で呼ぶというルールを作ったが、解散したらもう顔も名前も忘れてしまうに決まっている。お互いに。

「……四次元ポケットって、あると思うか?」

拓海が聞いた。拓海も、絆奈には気を許せると思ったらしい。

「今まではそれほど信じていなかったけど……。ここは……変よ」

絆奈は指先をにぎりしめる。さっき、霧をさわった箇所《かしょ》がずきずき痛む。

「うん……、なんなんだろうな……なんでオレたち、こんなところに……」

拓海が言ったとき、

「どうしたのー」

と、千野先生の声がした。

「いいえ、大丈夫です。ほら、勝手な行動とるなよ」

「すいません、何か……音が聞こえた気がして」

二人は、皆の場所にもどる。

あいかわらず、さおりは敦にしがみついたまま、痛めた敦の足をさすってやっている。

「ちっきしょー、絶対に選手になって、思いっきり、ボールを蹴《け》るつもりだったのに」

敦が言うと、

「すぐに治るわよ」

さおりが言った。

まるで、そこに二人しかいないように。


敦は自分の足をなでるさおりの手を見つめていた。

《早く……早く治療しなくちゃ》

なんとしても敦はサッカーをやめるわけにはいかなかった。六年前、小四のときに父が病死した。体のあまり丈夫ではない母が働きに出て、なんとか家計を維持していたが、その暮らしは食べるのが精一杯だった。

当時、中二だった兄は、高校進学もサッカー選手の夢もあきらめて就職した。

「気にするな、俺は運動神経たいしてよくなかったから」

兄は言った。

でも、そんなはずはない。

小一で兄のいた少年サッカーチームに入ったとき、五年だった兄はレギュラーだったし、中学でも活躍していた。勉強もよくできたはずだった。担任の先生が、進学をすすめに何度も家庭訪問に来てくれたのを敦も覚えていた。

どんな気持ちで進学もサッカーもあきらめたか。

敦と兄はそれほど仲のよい兄弟というわけではなかった。けんかばかりしていたし、敦にはサッカーの才能なんて、ゼロだよ、へたくそは練習してもへたくそだよ、といじめられてばかりいた。

《すこしでも早く治療しなきゃ……》

ケガでサッカーを断念した友人知人を何人も知っていた。

「敦、痛いよ」

さおりの声にわれに返ると、敦はさおりの手をにぎりしめていた。

「ご、ごめん」

「もう、骨おれちゃうよう」

あまったれた声に敦のほおがゆるむ。

三　やまわろ

絆奈はまた、美羽と拓海にはさまれて座っていた。

《なんでいつも私を真ん中にするのよ……素直に美羽と拓海が並べばいいのに》

拓海を横目でにらむと、

「え、何？」

拓海が聞いた。

「ううん、別に」

絆奈は首をふる。

正面には、赤江老人、千野先生、すこし離れてユイが座り、美羽の側に敦とさおりが座る。ふと、ユイと目が合うと、ユイはにこっとした。

《余裕ね……、さっきは逃げたのに……》

ユイのちぐはぐなところを見て絆奈はホッとし、もしかするとこの子と友だちになれるかもしれない、と思った。
《まあ……友だちのなんのって場合じゃないけど》
ユイの笑顔に気持ちがほぐれたのは確かだった。
《でも……あの霧は何かしら……》
霧が周囲からぎゅうっと自分たちに迫ってくるような気がする。閉じこめていったいどうするつもりなのか……。
《まるで……意志があるみたい……》
自分の思いつきに、絆奈はゾクッとした。
しかし、このメンバーに何かつながりがあるだろうか。何か理由があって、選ばれてこの妙な世界に集められたのだろうか。
《恨《うら》み？》
思いもよらない理由で恨まれて事件に巻きこまれるのを映画かマンガで見たことがある。恨まれるほど人の印象に残ったことはないと思うが、どんなときにどんな人に恨みを買うかわからない。
《私だって……》

いつも朝出会う、ほうきを持ったおばさんがイヤでしょうがない。大きなお屋敷にはたくさんの木が生えているから、その葉が公共の道路に落ちるのが気になって、おばさんは清掃しているのだ。おばさんのおかげで、いつもきれいな道路を歩くことができる。

《でも、監視されているみたいでやなんだなあ》

おばさんにそんな気がないのはわかる。でも、朝の忙しいときに、帰りの不機嫌なときに、むりに笑顔を作って、ご挨拶をしなければならないのは、実にうっとうしい。

八人が思い思いに座りこみ、黙りこんでいると、赤江老人が口を開いた。

「こりゃー、やまわろのしわざじゃな」

「やまわろって?」

ユイが聞く。

「俺、知ってるよ。山の童《わらべ》って書くんだ。夏の間は河童《かっぱ》で、冬になると陸にあがって、山童《やまわろ》になる。山仕事を手伝ってくれる。つまり、……妖怪のなかま。妖怪なら、まかせとけ」

と、拓海が言い、またおしゃべりがはじまる。

「妖怪って言っても、いい妖怪とそうでないのがいるだろ、どっち?」

「んー、わかんない。河童は……いい話も悪い話もあったと思うけど」

「妖怪なんて、この世にいないよ」

「カッパってさー、宇宙人じゃねーのー」

「ここって、宇宙船だったりして。選ばれて、なんか観察されているとか」

「選ばれるほどの人材か、俺ら」

「普通の人々、だよねー」

皆、黙っているのには耐えられないのだろう。肝心なことは外すように、話を続けている。

「やまわろ……やまわろ……。でも、この山は……あの娘が……」

美羽がぶつぶつ言っているのが、絆奈には聞こえたが、そこに赤江老人が言葉をはさむ。

「やまわろはな、寂しいんじゃ、独りぼっちだからな。友だちがほしいなら、そう言えばいい、じゃがな、言えん。怖いんじゃ、自分が嫌われるのがな……そう思わんかな」

赤江老人は、近くにいたユイに聞いた。

「……そりゃ怖いわよ、嫌われるのはイヤだわ、皆もそう思わない？」

ユイが言った。

「中学の頃、無視されて……学校に来なくなっちゃった子がいたわ……皆が嫌ったわけじゃないのに、グループから外されただけなのに」

さおりが言うと、敦が言った。

「女は残酷だから、いや、さおりは別だよ」

「やまわろがいるなら、……ヤマンバだっていそうね」

ユイが言うと、

「はっはっは、ヤマンジイもここにいるぞ」

と、赤江老人が笑った。すこし座がなごみ、またおしゃべりが続く。

「座敷童子《ざしきわらし》ってさ、いい妖怪なのに、ヤマンバとか、カッパとかって悪い妖怪なんだよな。つまり、自分の領地に人間が入ってくるから、怒るんだよなあ」

「ヤマンジイじゃないけど、好好爺《こうこうや》ってさ、好き好きじじいって読んでて、エロなおじいさんだと思ってた」

「だいたい、山の中で突然知らない人に出会ったら、普通の人でもビックリするよ。けっこう疲れきってて、怖い顔してるもんな」

「お年寄りって……あんまり会わないし…」

「失礼なことを。まあ、核家族だと会わないよね」

「ねえ、赤江さん、やっぱり、今の若いもんはなってないって思いますか？」

「そうじゃなあ、今の若いもんはどうかって聞かれりゃ、いいなあって思うね。戦争がないからな」

赤江老人が言うと、あたりはしーんとした。

「おっとすまんすまん。やなことがあってもな、あのときほどヒドイことじゃないって思うんじゃ。だから、老人は強いんだろうな」

「……あのう、携帯電話持ってますか？」

「いや、持ちなれないものは持たないほうがいい」

絆奈はなんとなく話を聞きながら、皆を眺めていた。

全員、自分より生命力が強く、たくましいような気がした。


千野里代子は考えていた。

《私は、この子たちを引率する立場にいるんだから、しっかりしなくちゃ、みんなを無事にご両親の元に返さなければ……》

そのためには、老人のたわごとに惑わされてはいけない。妖怪など、宇宙人など、この世にいるわけはない。
つまらないことを考えるより、とにかく、生還する努力をしなければならない。
もしも、山崩れじゃなくて、大きな地震だったら、町もぼろぼろだろう。ここまで助けが来るまでに、二、三日どころか、一週間もかかる可能性だってある。
《そしたら……母さんはどうなる……今、どうしているかしら……》
今年三十七になる千野里代子は、七十近い足の悪い母と二人暮らしだ。最近、母には認知症の症状が出はじめている。自分なしで、どのくらい日をすごすことができるか……ちゃんと食事ができるか、火など出していないか、人様にご迷惑をかけていないか。
《誰かに頼んでおけばよかった……》
一泊くらいならば、一人で大丈夫だと思っていた。
《今すぐにでも、助けに行きたい……、いえ、この子たちを助けるのが先だわ、母さんも、この子たちを優先することをわかってくれるはず》
里代子が子どもの頃の夢をかなえて先生になったことを一番喜んでくれたのは、母だった。どんなに辛くても、母の笑顔のためにがんばってきた。

六歳で父をなくし、三十一年を母と二人きりですごしてきた。

ぶつかったことは数限りないが、いつも母を大事にしてきたはずだ。

《母さん、お願いだから、火だけは出さないでね》

後悔してもしょうがない。

今、どうするかだ。

里代子はさっきのてのひら事件から、何かを読み取ろうとした。

ここは……もしかすると、あの世とこの世の間の世界なのだろうか。

そうだとしたら……。

《父さん、聞こえている?》

六歳のときに亡《な》くなった父に語りかける。

《お願い、この子たちを守って、ご両親の元に返してあげて。そのために、私にできることを教えて》

自分は、念願だった教師になり、十五年も全身全霊をささげることができた。できれば、もっとたくさんの生徒たちに出会いたいけれど、夢がかなったことには違いない。でも、生徒たちはまだ、たかだか十数年しか生きていない。これから、やりたいことがたくさんあるはずだ。
まだ何もはじまっていないのだから。
《私の人生をすべてあげるから、この子たちだけは助けて……教えて、何ができるの》
里代子は、目をつぶり、頭の中を整理しようとした。
頭が重くなるような気がした。

●

いつの間にか、おしゃべりの種がつきたのか、疲れきったように生徒たちは黙りこんでいる。

「誰か来るわ……」

さおりが言った。

「聖子？　ジュンちゃん？」

立ちあがり、さおりが音のほうに首を伸ばす。

「いや、僕は松木、松木ヒガシ」

声と同時に、ひょろっとした少年が姿を現す。

「よお、ヒガシ、無事だったか」

拓海が屈託ない声をあげる。

「ああ、今、目えあけて、どうも生きているらしいなって思ったら、人の声がした。まあ、無事っちゃー無事なんだろうな」

ヒガシはめがねごしに鋭い目でサッと皆を見まわした。

「僕を入れて、九人か」

「今、気づいたの？」

ユイが聞いた。

「え、たぶん、どうかな。頭がぼうっとしてて、まだ夢の中にいるみたいだなあ」

「まあ、夢かどうか議論しても意味ないわね」

またユイが言った。

「え、たぶん、どうかな。目をあけてぼうっとしていたから、どのくらい、そうしてたか、わからない」

まだぼんやりした口調でヒガシが言った。しかし、そのぼんやりした目や、今までの騒ぎに気づかなかったことから考えると、意識を取りもどしてから間もないのだろう。

絆奈はヒガシの名前に記憶があった。

《ユイとヒガシは親しかったのかな》

絆奈は、ユイとヒガシが話しているのを見て思った。ヒガシもたぶん、同じ二年生だが、見覚えがあるような、ないような感じがする。

《拓海が最初に声をかけたってことは……、拓海もそこそこ知っている……》

ぼんやりした頭に、ヒガシやユイと輪になってバレーボールを打ち合っている自分の姿が浮かぶ。昼休みだろうか。体育のはじまる前だろうか。

「何か、夢を見たような気がするんだ」

ヒガシが言った。

「迷っている人……女の子を見たような気がする。ただ、ここじゃないと言うか、季節が今じゃないんだよ。新緑の季節なんだ。木々の緑が目に痛くって……白っぽい花が咲いてて、そうだ、アセビっていったかな……、地にはフキノトウとか……、タラの芽とか……」

ぶつぶつ言っているヒガシの声を聞きながら、絆奈も頭の中に何かひっかかるものを感じていた。

春……、新緑の季節、女の子……。

《嫌いだったわ……、死ぬほど……》

そう、去年のあの頃、着たかった制服を着て、行きたかった高校に通う女の子たちに会わないように朝早く家を出た。二時間もかかる高校に通う絆奈が近隣のその高校に通う女の子に会う心配はなかったのだが、途中の駅で会う、その制服を着た見知らぬ女の子たちには憎悪すら感じていた。

翌年再トライする気力などまるでなく、仕方なく弥生高校で我慢する自分が大嫌いだった。三年後、あの大学に行くのだけはイヤだった。

弥生高校は、スポーツや芸術に力を入れている特色のある高校なので、絆奈のような何も特技のない女の子はいづらい。何か、これというものを見つける努力をする気力もなかった。

とうとつに、

「新緑の季節……」

美羽が真っ青な顔をしてつぶやく。

「大丈夫？」

絆奈が聞くと、美羽は寒そうに両手で自分の肩を包んだ。何か言いかけたらしいのに美羽が黙りこんでしまったので、

「満月のときって不思議なことが起こるのよ」

なんとなく絆奈が言うと、

「……そうだよな……、満月だよな……、満月ねえ……」

ヒガシが眉をよせて空を眺めて、ちらりと絆奈を見た。絆奈はヒガシと目が合って、背筋がぞっとするのを感じた。

《まさか、ヒガシがやまわろじゃないわよね……、赤江さんがやまわろの話をしたから、姿を現したとか?》

絆奈が赤江老人に目を向けると、座りこんだまま空を眺めている。いったい何を考えているのだろうか……たぶん、絆奈や他の高校生とはまったく違うことを思っているのだろう。孫のこととか、子どものこととか、戦時中のこととか……。

「もう、みんな、超常現象なんて、そんなに簡単に起こるわけないわ、ここはただの山の中。いつもと違う場所にいるから、変な感じがするの。

高校生なんだから、夢みたいなこと考えるのはだめよ。現実的に考えて。とにかく、生

き抜くのよ。あなたたちには未来がたくさんあるのよ。どんなときだって、希望を捨ててはいけないの」

千野先生が一気に言い、絆奈たちは顔を見合わせる。

《この状況で、ここがあたり前の場所と思うほうがおかしいわよ》

絆奈は思うが、いつもと同じと言いきる千野先生がありがたいような気もする。顔を見合わせたまま、皆、黙りこむ。

「信じるのよ、絶対に、生き抜くの。ご両親の所に絶対に帰るのよ。そうしなきゃいけないの」

力をこめて千野先生は言った。

「そうじゃな、ご両親を悲しませちゃ、いかんな」

赤江老人が穏やかに言う。

「あなたたちには、夢があるでしょう。まだ、十代なんだから、なんにでもなれるのよ。こんな場所でくさっちゃいけないの。がんばるのよ、わかった。ここから抜け出す方法を考えましょう。私は、絶対にあなたたちを守るから、自分たちの明るい未来を信じなさい」

絆奈は心の中で、信じる、信じる、と繰り返した。
《私は……生き抜きたいのかしら……》
確かに、この先何十年もの人生があるはずだが、千野先生が言うほど自分の生《せい》に価値を感じていないような気がした。
《両親……か……》
二人の顔を思い浮かべる。ついでに三つ上の姉の顔も。おそらく、皆、同じことを考えているのだろう。千野先生は元気にさせたくて言ったのだろうが、むしろ気分を沈ませてしまった。

新緑……新緑の季節……。

ヒガシは心の中でつぶやいた。

本当は気づいていた。女の子を見たのはたしかな記憶だ。

ただし、場所は山の中ではない。

弥生高校の入学式の朝、まだ希望に満ちていた頃、ヒガシは式のはじまる一時間も前に学校についた。

あの時の自分は輝いていた。

周囲を取り囲むすべてのものがきらきら輝いていた。

正門に着いたとき、一番乗りかと思ったら、先客がいた。おとなしそうな女の子が咲き残った桜の花びらを見あげていた。

「新入生？」

ヒガシが聞くと、彼女ははずかしそうな顔でうなずいた。

「僕もだよ、サッカー部……に入る予定の松木ヒガシ」

ヒガシがサッカー部、で言いよどんだとき、少女はやわらかい笑《え》みを浮かべた。

そのとき、彼女の名を聞いたのかどうか記憶にはない。いつでも会えると思っているうちに、記憶の底にしずんでしまった。

「大丈夫か？　頭でも打ったとか？」

拓海が聞いたので、

「いや、たぶん、なんともない」

ヒガシは首をふった。

いったい、自分はなんのためにここにいるのだろう。

山小屋が崩れると聞いたとき、そんならそのまま……と思ったのではないか。無意識に逃げ出して、一人目覚めたとき、目覚めたことに絶望したのではないか。そのまま朽ちてしまおうと思ったのではないか。

なのに、人の声に反応してしまった。

一人でいられずにふらふらと出てきてしまった。

心の奥底が、助かりたい、と叫んだ。

皆と一緒に生きたい、と叫んだ。

●

いつしか皆、黙りこんでしまった。

「声がしない？　まだ誰かいるのかもしれないわ。誰かいるのー、こっちにみんな集まっているわよ」

とうとつに、ユイが大きな声で言った。

「……聞こえるか？」

拓海が絆奈に聞く。

「……何か、足音みたいな……」

藪を踏みしだくような、バキバキと音が近づいてくる。

「どっちから？　どっち？」

さおりが言い、敦に引きずられるように立ちあがる。

「四方から来るような気が……」

「うわあっ」

叫んだのが誰だったのか、てんでんばらばらの方向に逃げ出す。絆奈は手近にあった手をにぎりしめて走り出した。

「きゃー、きゃー、きゃー」

「おい、静かにしろ」

気づくと、にぎりしめていたのは、拓海の手だった。

「わっ、やだ」

「まてよ、離すなよ、怖いじゃないか」

「何よ、私に頼んないでよ」

「お互いさまだ」

などと言いながら、絆奈と拓海は手をとりあった。

「ど、どうなったの？」

あちこちから音がして、どこでどうなっているのかわからない。

「みんな、バラバラになっちまったな、まいったな」

「うん……、美羽とか…ユイとか、大丈夫かな」

絆奈は拓海とその場にしゃがみこんで、耳をそばだてる。

「まあ、拓海と二人じゃ、変な気にならなくてよかったわ」

「お互いにな。……美羽にふられたばかりだし」

「えーっ」

「おまえ、ホントに疎《うと》いよな。ヒガシとか、ユイとか、初対面だと思っているだろ」

「え……、いや、そんなことは……」

図星《ずぼし》だったので、絆奈は口ごもる。

「なんでふられたの？」

「さあ、なんか、よくわかんない。友だちのままじゃだめかなってさ」

「ふーんふーんふーん」

この状況で、何をのんびり話しているのだろう、と絆奈が思っていると、

「あ、あなた、何をするのっ」

甲高い声に、思わず絆奈と拓海は抱き合った。

「やめなさい、ぎゃー」

悲鳴と共に、静寂が訪れる。

「……千野先生だったか？」

拓海が聞き、

「……わかんない」

絆奈は拓海から離れながらこたえる。

「何が……あったんだろ」

「……少なくても、私と……拓海は無実なのね……」

「……まあ、そういうことだろうな……」

体は離したが、手はにぎり合ったままだ。

近くでガサリと音がして、

「だ、誰かいるのか？」

拓海が聞いた。

「スンマセン、オレら、さおりと敦です。拓海さんと絆奈さんを追いかけて来たんです」

枝の影から、二人が顔を出す。

「あの、お二人は？　あの、つき合っているんですか」

さおりがおそるおそるといった風に聞いた。

「違うわ、ただの幼馴染」

絆奈が、なんでこんなときにこんなことを言わなくちゃならないのかな、と思って言うと、

「ほら、やっぱり」

と、さおりが敦に向かって言った。

「ならいいんです」

敦が言ったので、

「どういう意味だ？」

と、拓海が聞いた。

「いや、なんかそういう関係じゃないほうが信用できるんじゃないかって。なんか、よくわかんないけど、グルじゃないって言うか……、オレら、とにかく、絶対に生きて、帰りたいんっす。絶対に、絶対に。生還したいんっす。そのためには、オレとさおり以外に信じられる人は誰だろうかって考えてたんです」

拓海は腕を組んで敦を見つめながらつぶやいた。

「んんん……生還か……」

絆奈は、敦が信用と言ったときに変な感じがぶり返した。誰を信用していいのか……、こうまで言葉に出されてしまうと、胸が苦しくなる。

《それにしても…さっきの叫び声……、どうしたのかしら》

誰かが、誰かに、何かをされた。

他の三人も同じようなことを考えていたのか、互いに目をそらして座りこんでいる。

少なくても、あの声を聞いたとき、拓海がそばにいたことは確かだ。

この二人も、おそらく近くにいた。

ということは……。

息をひそめていると、ガサガサ音がして、赤江老人と美羽が現れた。

《この二人も、千野先生に何かできる腕力はなさそうね……》

それから、ユイが姿を現した。

「さっきの声は千野先生ね……」

ぽつんと美羽が言った。

いったいどうなったのだろうか……。

さっきのてのひらのように消えてしまったのか……。

ほどなくしてヒガシが現れた。髪がボサボサで、軍手をはめた手をひらひらさせた。

「てのひらを切っちゃったよ」

「だいじょうぶか?」

拓海が聞くと、

「ああ、たぶんね」

と、ヒガシはうなずいた。

「千野先生……どうなったのかしら……」

さおりの言葉に、

「さおりっ」

敦が、低いたしなめるような声を出した。

そう、今から、千野先生、は禁句だ。

「やまわろは、寂しいんじゃ、だから取りこもうとする。無視されるのは、我慢ができんのじゃ」

赤江老人がかすれた声で続ける。

「逃げようとするから……、信じないから……、わかるじゃろ、そこにいるのにいないふりをされるなんて、許せんじゃろ。それが続くと、本当に自分がいるのかいないのか、自分でもわからなくなるんじゃ、それは罪じゃ……」

「なんだか……サンタクロースみたいね、いるとかいないとか」

怖くて笑いに持ってゆきたくて絆奈が言うと、

「ははは……サンタクロースか」

と赤江老人は笑った。

「サンタクロースは本当にいるのよ。でも、あたしたちみたいに両親からプレゼントをもらえる人のところには来ないの。もっと、寂しい誰からもプレゼントをもらえない人の所に行くんだってあたしは思っている」

美羽が言った。

「そ、そうかもしれないわね」

絆奈は、サンタクロースを持ち出した自分が、まるでピント外れだなと思ったのに、まじめに美羽が返してくれたので、戸惑いつつうなずいた。

「寂しかったら、自分で動かなくちゃ、友だちは自分で作るのよ。あたしは、……入院の繰り返しで、いつも教室に入るとグループがいくつもできちゃって、なかなか入れなかったわ、でも、がんばって、生きてきたわ」

珍しく美羽が熱をこめて言うと、さおりが言った。

「そうよそうよ。寂しかったら、寂しくないようにすればいいじゃん。スポーツするとか、私は自分で敦に告《こく》ったわよ」

「そ、それは、言わない約束だぞ、オレがさおりを好きだったんだぞ」

「やだあ、だって本当じゃない」

敦とさおりがまたくっつきあいベタベタしだした。

赤江老人は、座りこんでいる子どもたちを眺めながら、ぼんやりした頭で考えた。

ずうっと二人でくっついている敦とさおりは一番攻撃的。
なんとなくうすぼんやりして影の薄い絆奈、あれが一番危ういだろうか。
あっけらかんとしているが、友だち思いの拓海、自分が生きる場所をよく知っている。
病いを持っているがゆえに、生と死に敏感な美羽。
気性の激しい燃える瞳をしたユイ。
重い悩みを抱えているらしいヒガシ。
この中にやまわろは潜んでいるのじゃろうか……。
やまわろは……。
記憶が混濁している。
《わしも老いたな……》
心に幼いひ孫の顔が浮かぶ。
《もう会えないんじゃろか……》
やまわろから逃げ出したほうがよいのか……。
《あの女の先生を邪魔者にしたのが、やまわろじゃ》
赤江老人は顔を伏せたまま、周囲の子どもたちの顔を思い浮かべた。

《それは、……そこにいなかったからと言って、非力だからと言って、やまわろじゃないとは言えない》

相手は妖怪なのだから、遠くにいようが、ここにいようが、なんでもできるということだ。そして、おそらく自分の仲間をさがしている。

《それは絶対にわしではない……元気で頭の柔らかい高校生に違いない……》

あのくっついている二人も違うだろう。

間に入ることはできないだろう。

《そうなると……あの先生の次に邪魔なのは……わしか……》

赤江老人はそこに思いが届くと、ふうう、と大きくため息をついた。

ただ、そこにいたから巻きこまれた……。

《もう、子や孫に会うことはできないのか……》

それならせめて、やまわろに言い聞かせることはできないだろうか。

子どもたちを親元にかえしてやれと。

聞く耳はあるのか……。

元の世界にもどす方法はあるのか……。

四　顔のない少女

登場も消えるのも衝撃的だった千野先生がいないと、やはりまとまりはなくなる。

《これから……どうなるのかしら》

絆奈はひざを抱えて顔を伏せたまま皆の様子をうかがう。連帯感はすでにない。

赤江老人は、高校生と行動を共にする気はないだろうし、ひょっとすると敦とさおりも離れて行くかもしれない。

《私も……あんな恋したいな……》

恋もしないままに、消えてしまうのはいやだ。中三のときには好きな男の子がいた。志望高校が違うから、受験に成功したら打ち明けるつもりだった。今、彼がどこの高校に行っているのか、どうしているのか、さっぱりわからない。

受験に失敗したことで、何もかも終わりだと思いこんでいた。

「こうしていてもしょうがないよな」

敦が言った。

「暗いし、朝まで、待ったほうが…」

絆奈が言いかけたとき、美羽が小さな声が言った。

「あたし、考えていたの……、彼女のこと……」

「誰？」

まさか、千野先生のことを話し出すんじゃないわよね……と絆奈は思いながら、美羽の言葉を待つ。

「……入学式に見かけた子。名前がどうしても思い出せないいんだけど、中学の同級生に似ていたような気がして、声をかけたら、びっくりした顔をしていた」

「その子がどうしたの？」

絆奈が聞く。

「あたしね、隣の県の出身なの。それで、この高校には知っている人が一人もいないはずだったの。でも、……見たような顔があって、それがその子だった」

美羽は静かな声で話し出した。

「その子、中学校のとき、あたしが入院するのと、入れ違いみたいに転校して来た子なんだけど、他の中学でいじめられて、転校して来たって言う噂《うわさ》だった。一か月入院して、退院したときには、その子はいなかったの。居場所がなくて、転校したって聞いたわ」

「……いじめ？」

ユイが聞いた。

「わからない、あたしは入院して……いなかったから。すごく……おとなしい子で、いつも下向いて黙っていたから、友だちはできなかったと思うのね。……いじめだったかどうかはわからない。だってあたしはいなかったから。あたしのいない一か月だけいた子だもの。

それで、中学を卒業する頃、お父さんの転勤が決まって、あたしは、、社宅から一番近い弥生高校に来たから、同じ中学の出身者はいないはずだったんだけど。だから、その子の顔を見て、なんだか懐かしくって声をかけちゃったんだけど、それっきり彼女を見ていないの……あたし、人の名前と顔を覚えるのは得意だから、本当にいなくなっちゃったと思うんだ」

「……ウチの高校っていじめなんてあった？　一年の頃」

絆奈が聞いた。

「ううん、高校では何もなかったんじゃないかと思う。だって入学式以来、見ていないから。やめたのか、休んでいるのかわからないけど」

「千野先生なら、何か知っていたかもしれなかったな」

拓海が言った。

「つまり、そのナントカって子が、……この状況になんかの影響をって考えているのか？　その……根拠はなんだ？」

ヒガシが聞いた。

「この山で……自殺をはかったたって……、千野先生は知っていたんだと思う。だから、さおりちゃんが、事件があったたって言ったとき、むきになって否定したんだわ。あたし、さおりちゃんの言葉が気になって、何か忘れているかもって言ったら、千野先生、薬を忘れたの、なんて聞いたのよ、話をかえようとしたんだわ」

美羽が思い切ったように言った。

「えっ」

「何それ」

「どういうこと」

皆、一斉に声をあげ、赤江老人のほうを向く。

「あの、何かそういう噂は……」

ユイが聞く。

「いや……ただ、山って言うのは道を外れると案外元にはもどれないものじゃ、方向を見失うとどこに向かっているのかわからなくなる。人間は、まっすぐ歩いているようで、まっすぐ歩いていないんじゃよ、すこしずつどちらかに傾いて、円を描いてしまうんじゃ」

赤江老人が言った。

「やだっ、それじゃ、私たちはどうなるの」

さおりが悲鳴をあげる。

「どうなるもこうなるも……そういう恨みとか、怨念ってのは、すごいパワーになるって言うからな」

ヒガシが言った。

なんで、こういうときにそういうイヤな解釈をするのかしら、と思って絆奈はヒガシの横顔を見つめる。

《怨念とか、恨みとか……、思っても言わないようにするべきだわ……。言い出したのは美羽だけど、美羽はその言葉をさけたのに》

絆奈が考えていると、

「あ、やだな、オレ、そんなヤツの犠牲になりたくない。だって、カンケーねえだろ」

と、敦が口をとがらせて言った。

「それは自殺じゃないわ。山に入って一周すると、運勢を変えられるっていうおまじないよ。出てこられれば、幸せになる。出て来られなければ、それっきり」

それに重なるようにユイが言う。

「……で、出て来られたの？」

絆奈が聞くとユイがこたえた。

「私はわからないわ、ただ、この山にはそういうおまじないがあるって聞いたの、いつだったか忘れたけど」

「それね、おまじないっていうか、怪談だと思います。私の卒業した中学の七不思議の中にそういう怪談があったんです。さっき、おじいちゃんが、やまわろって言ったとき、なんとなく思い出したの」

さおりがゆっくりと言った。

「……やまわろ？」

ヒガシが聞き返すと、

「あ、ヒガシが来る前だったか、こういう状況は、やまわろっていう妖怪が悪さしているんじゃないかって、赤江さんが言ったんだ」

と拓海がこたえた。

「なるほど。ごめん、話の腰を折って」

ヒガシが言い、さおりが続ける。

「怪談だし、あんなときに、わざわざ話さなくてもいいって思ったから黙っていたんです。

えっとね、月の美しい晩に山に登ると頂上から笛の音が聞こえるのよ。その音を聞くと、行かずにはいられないの。その笛の音をたどって行くと、性別のわからない美しい少女か少年か……が見たことのない笛で聞いたことのないメロディーを吹いていて、周囲にはイノシシとか、ウサギとか、……もちろん、惑わされた人々とか、たくさんいるの。最後の音が終わる前に、気がついて、その場を去れば、現世にもどれるけど、帰れないと……」

そこでさおりは言葉を切り、

「つまり、二度と帰って来られないわけだ」

と、ヒガシが続けた。

さおりはうなずく。

「その、やまわろって言葉には聞き覚えはないんだけど、たぶん、その笛を吹いているのがやまわろなんじゃないかなーって思ったんです。その、悪さをするっていうより、最後のときを穏やかな気持ちですごさせてくれるような……」

「……やまわろは、悪いだけの存在じゃないってことじゃ。現世がつらくて山に入ったのなら、もどるのが幸せとは限らんじゃろ」

赤江老人が言った。ここに千野先生がいたら、絶対そんなことはない。もどるのが幸せなんだ、と言っただろう、と絆奈は思った。

「ちょっとハーメルンの笛吹きに似ているな。帰ってくるけど、百年先だったって話だと浦島太郎か、リップ・ヴァン・リンクルとかってやつか。まあ、そういう話はどこにでもあるよ。神隠しとか、な。宇宙人説とか。はははは」

自分でもさすがに、こんなときにしゃべる内容じゃないと気づいたのか、ヒガシはわざとらしい笑い声をあげた。

その笑い声が霧に吸いこまれてゆく。

絆奈は、霧から黒い食指のようなものが出たり入ったりしているのが見える気がした。

《霧が……迫ってくる……》

やまわろが作った現世との結界なのだろうか。

それとも自分たちはもう、あの世とこの世の中間あたりにいるということなのだろうか。

《だったらまだ間に合うのかしら……》

現世にもどること……。

でも、絆奈にはどうしても帰りたいという理由があるのだろうか。

確かに、まだ先の人生はたくさんあるだろう。

《何をして生きればいいのか……》

正直、夢がなかった。

学校の行き帰りと勉強に気をとられて先のことを考えないようにしていた。

何も頭に浮かばなかった。


やまわろが悪いだけの存在じゃないって？

拓海は赤江老人をにらみつけた。

《なんだこのじいさん……、まるで……あのときの母さんみたいじゃないか……》

母が無免許運転の高校生のバイクに引っかけられたのは小六のときだった。外傷はほとんどなかったが、頭を打っていて一週間も意識がもどらなかった。

目覚めてからの一か月は修羅場《しゅらば》だった。

まるで二人の人間を行ったり来たりしていた。

やさしくてよく笑う母と、かんしゃくをおこし、けもののような奇声をあげ手当たり次第にものを投げる母。

脳に傷害を受けたためと医者は言った。

きつね憑《つ》きだと言い出す人がいて、ひょっとしたらと思った拓海はいろいろ調べるうちに妖怪に詳しくなり、やまわろのことも知ったのだった。

入れ替わるときの目の色の変化を拓海は覚えていた。

さっきまで弁当のおかずやら夏休みに行く海の話やらしていたのに、突然、目の前にあった本を引きちぎったり、ふとんをけとばして駆け出しそうになったりした。

徐々に狂気は消えて、以前の母にもどったが、拓海はあのときの恐怖が忘れられず、いまだに母の狂気がよみがえるような気がしておびえてしまう。

特に料理中で包丁を持っているとき。

車の運転をしているとき。

掃除機をかけているとき。

何事もなくすぎるたびに、疑った自分を恥じ、心の中で母にあやまる。

わがままを言わず、中途半端な笑顔ですべてを濁してしまうようになってしまった。

●

沈黙を破るように、敦が立ち上がった。

「オレは自分の運勢は自分で切りひらく。こんな所で、つぶれてたまるか」

「私も、敦と一緒がいい」

さおりも敦の腕にぶらさがったまま立ちあがる。

「ま、待て、あわてるな」

ヒガシが言った。

「いやです。ここにいても、どうなるものか、だって変です。ヒガシ先輩、さっき、言ったじゃないですか、満月なんておかしかないかって。おかしいです。オレ、月見だんご食いましたよ、つい、数日前です、二週間はたってやしない」

「一緒に食べたよ、私、敦と一緒に月見だんご食べた。そう、この前の火曜日だから、五日前、ママが作ってくれたの、敦と一緒に食べた、ススキもとったわ」

さおりが言った。

「だろ、覚えているよな。オレ、さおりは信じられる。こいつしか、信じられない」

敦はさおりの腕をつかんだ。

「私、一緒に行く、どこまでも、敦と一緒に行く。私、……ここに残るのってまちがっていると思う。やまわろにとらわれちゃいけないと思う」

さおりは涙のたまった目で皆を見つめた。

さおりもいじめにあったことがある。グループを外されて学校に来なくなっちゃった子とは、さおりのことだった。でも、学校を休んだのは三日だった。

四日目の朝、ほとんど口をきいたことのないクラスメート、ジュンが迎えに来てくれた。友だちが三日も休んだから心配になるわよ、あたりまえじゃない、と言うジュンの言葉をはじめは信じられなかった。でも、ジュンと仲がよかった聖子も自然にさおりを受け入れてくれて、最強トリオができあがった。

前のグループがしばらく気になったけれど、あのときのことを考えると今でも心がちくちくするけど、今、とても楽しい。今日も明日もあさっても、来年も、ずっと楽しいと信じられる。ジュンと聖子には一生感謝するつもりだ。絶対に二人のことは裏切らない、何よりも二人の幸せを優先する、と決めている。

「オレは、自分の人生は、自分で切りひらく。こんな所で、とり殺されるのはいやだ。絶対に生き抜く。オレはサッカー選手になるんだ。絶対になる、そう決めている、自分からあきらめたりしない」

「私も敦と一緒に行く、ずっとずっとどこまでも一緒に行く」

「それにオレ、ケガしてるんですよね、早く治療しなきゃ、一分一秒無駄にできないんです。じゃ、行こうぜ」

「うん」

二人は、絆奈たちに背を向けて歩き出した。

霧に向かってずんずん進んで行く。

「あっ、あの霧は危険なんだ……」

ヒガシは軍手をとって手を出して見せた。その手は紫にはれあがっている。

「……手を突っこんだら、こんなになった」

「だいじょうぶです。オレは」

「おい、待てよ」

ヒガシは、敦とさおりを追いかけた。

しかし、追いかけたのは、ヒガシだけだった。

でも、待ってどうなるのだろう。

霧がどんどん迫ってきて、結局のみこまれてしまうのじゃないだろうか。

「あれ……、霧が……」

一瞬、二人の前方の霧が薄くなって、向こうが見えたような気がして、絆奈は目を見開いた。

《違う、あの黒い食指が、つかもうとしている》

絆奈は振り返って二人を見つめたまま、固まりつく。

「うわっ」

「痛いっ」

敦とさおりが悲鳴をあげ、血しぶきがあがる。

「うげえっ」

ヒガシがその場にしゃがみこむ。

「ぎゃああっ」

「敦っ」

「さおり、離すな」

その声が最後だった。

二人の姿は、もう見えなかった。

「どうなったの?」

拓海が聞いた。

「わからない…」

ヒガシが力なく首をふる。


ヒガシはその場で、二人の消えた霧を見つめていた。一瞬、向こう側が見えたように思えたのは、幻だったのだろうか。茶色の泥と折れた木と、崩れた小屋があったのではないか……。

いや、青い空と白い雲が見えたのではなかったか……。

まぶしい太陽が見えたのではないか……。

でも、あの二人は本当に行けたのか……。

二人の見た夢か……。

サッカー選手……、ケガ……。

《サッカー、サッカー、サッカー》

考えると今でも胃をつかみあげられるような痛みが襲う。

ヒガシもサッカー選手を夢見て弥生高校に来た。

《サッカー、サッカー、サッカー》

弥生高校のサッカー部は有名だ。当然、部員数は多く、力のない部員はどんどん振り落とされる。ヒガシは一年生の六月にその他大勢になっていて、浮上の見こみは絶たれていた。それでも残ってがんばる連中はたくさんいたが、ヒガシは左足のネンザを言い訳に退部した。スポーツをやめたら他にすることがなくて、勉強に専心した。

面白いように成績は伸びて、トップを争うようにまでなった。

すこしは溜飲《りゅういん》が下がったが、やはりサッカー部員を見ると心が騒いだ。
今も、敦と一度も目を合わせられなかった。
勉強をしても、サッカーほどは面白いと思わなかった。
きっとそれは、その先が何も見えないからだろう。
いつか、新しい夢が見つかって、それに向かってがんばろうと思うのだが……。
《夢が見つからなかったら……》
不安で不安でしょうがない。
ここからどうしても出て行かなければならないと、そんな気力がわいて来ない。
うおーっと声をあげそうになる。

ユイや美羽、赤江老人は、敦とさおりのほうを見もしなかったらしい。
《私も見なければよかった……》
絆奈は脳裏《のうり》に赤い血しぶきがよみがえり、頭を抱えた。二人の姿の消えたあたりをじっと見つめていたヒガシはその場にしゃがみこんでいる。
「さっき美羽が言った女の子、もしもこの山に入ったとしたら、どんなこたえを望んだのかしら。……現世にもどることよね？　幸せな未来のために」

ぽつんとユイが言った。美羽は首をふってこたえない。かわりに絆奈が言った。

「……寂しいのは皆同じじゃない。すぐに友だちができる子もいるし、できない子もいる。人づき合いが苦手な子だっているわよ。小説やドラマだと、すぐに親友ができるけど、……私だって、まだ高校に入って友だちらしい友だちはいないわよ。正直、何も考えないでただ毎日をすごしているだけかもしれない」

美羽が口を開く。

「あたしも同じよ。何か踏み出そうと思いながら、結局日はすぎてしまうの。体が丈夫じゃないのを言い訳に、ここにいるだけであたしはいいってごまかしているだけよ」

「でもさ、今、少なくても、ユイと美羽って二人の女の子の友だちができたわ、なんか、こういうのもアリだって、今は思っている」

絆奈が言うと、拓海がおどけた調子で言った。

「おお、はんにゃ」

「はんにゃじゃねえよ、絆奈だよ」

「珍しく前向きじゃん」

「なんか、ドラマっぽくっていいせりふでしょ。こんなときじゃなきゃ、言えない。でも、そういうもんなのよ。これも体育の単位だしい」

絆奈は思わず茶化《ちゃか》してしまった。


幼いころから見慣れた絆奈の笑顔を見ながら、

《生きるってどういうことなんだろう》

拓海は思った。拓海には、スポーツや芸術の才能はなかった。弥生高校に来たのは、そういう若いうちから活躍する同世代たちの刺激を受けたかったからだ。

《俺には夢がある》

恥ずかしくて誰にも言えなかったが、拓海はいつかジャーナリストになろうと思っていた。そして、一流選手や、一流学者になったかつての同級生たちにインタビューに行くのだ。

「俺を覚えている？」

聞くと、彼らは、不思議そうな顔をするのだ。

「弥生高校の同級生だよ」

そういうとはじめて、

「ああ、そういえば」

と思い出すのだ。

高校ではさえない普通の生徒だったかもしれない。

《俺は大器晩成《たいきばんせい》なのだ》

拓海は思う。

卒業式には、

「いつか、会おうぜ」

と言って別れる。

「試合、必ず応援に行くよ」

とか、

「世界一の画家になれよ」

などと言って。

でも、心の中では、俺は絶対、インタビューアーになって、挨拶に行くから、それまでに超一流になっててくれ、と言うのだ。

《俺は絶対に……》

こんな所では終わらない。

「…俺はこんな所嫌だ……」

思わず言葉が飛び出し、

「え、何か言った?」

絆奈が聞き返した。

「……いや……、別に……」

拓海はゆっくり首をふった。

母さんのためにも……。

あの事故に負けないためにも……。

五　三途の川

「霧が……、薄くなっているような気がする。水のにおいがしないか……」

眉をよせて、赤江老人が言った。

絆奈たちは周囲を見て、さらに耳をそばだてる。

「……水音？　聞こえる？　水のにおいする？」

美羽が聞く。

「聞こえないわ……。においなんてもっとわからない」

絆奈は首をふる。

水のにおいより、やはり消毒薬のような鼻をつくにおいが取り巻いているような気がする。

「とにかく、……前向きに生きる努力をしようじゃないか。そうじゃろ、わしはともかく、高校生は、お母さんやお父さんより、先に逝《い》っちゃいかん」

赤江老人が言った。

「水音ってことは……、川があるのかしら。川を下れば、なんとかなるかもしれない」

ユイが言って立ちあがった。

「そうだな、こんなところにいるのはイヤだ。何か方法があるなら、抜け出す努力をしたいな」

拓海が言って立ちあがり、残る四人も立ちあがり、ゆっくりと歩き出した。

絆奈は、横目でヒガシを見た。なんとなく、うさんくさい。最後にここに加わったことだって、手をケガしているとわざわざ見せたことも変だ。

《手をケガしているのは……私も同じだもの……》

ヒガシの名前をどこで知ったか思い出した。

成績がよくて、なんどか学年のベストスリーに入っている。

本人が彼だったかどうかははっきりしない。

《もうすこし……皆とかかわっておくんだったな……》

絆奈は思う。

正直言って、自分以外がよくわからない。

すこし歩くと、たしかに水音がしてきた。
《お年寄りよりも私のほうが耳が遠いなんて……》
水の流れに向かって、赤江老人が先頭に立ってどんどん歩いている。
《あんなに……足が早いなんて……》
赤江の後ろ姿に絆奈が首をかしげる。
《やまわろだなんて……、山ン爺なんじゃないの……あいつこそ》
やまわろとは、おそらく、山童と書くのだろう。
童ならば……、どんなに悪さをしても、人殺しまではやらない……。
《でも、それは幻想なのかしら……》
妖怪の考えと、人間の考えは違う。
《殺すという概念が……違うのだろうか……》
考えていると、ユイと目が合った。
「……よくわかんないんだけどさ、もし、これがやまわろの仕業で、そんなに寂しいなら、私一人残ってもいいって思うんだ。もしも、こんな乱暴なやり方でしか、友だちをさがせないなら、……私はたいした人じゃないけど、たいした人じゃないほうがいいかな、なんて」

絆奈が言った。

「本当にやまわろっていると思うの？」

ユイが聞いた。

「あ、そうか。……そうなんだけどね。ちょっと……なんて言うか、考えてたんだ」

「そう……、水って好き？」

ユイが聞いた。

「え、どうかな。泳ぐのはあんまり得意じゃないな。スポーツが特別苦手ってんじゃないけど、水泳とマラソンは苦手だった。……根性が必要なものは、たいがいだめだから」

何を聞かれているのかわからずに、絆奈はそうこたえた。

「ごめん、変な質問だった。なんとなく、水に出会えたら、現実にもどれるような、そんな感じがしない？」

「うん……三途《さんず》の川《かわ》なら、向こうにお花畑が見えるはずだから……そうしたら、渡るのはやめにしよう」

絆奈が言うと、すこしユイは笑みを浮かべて言った。

「誰か呼び返してくれれば……もどれるのかな、なんてね」

「本人が、強く意志を持てば、生きたいって真剣に願えば……」

言いかけた絆奈は、ふいと黙った。

さっき、敦とさおりは、生きたいと願ってあんなことになったのではないか。

「私は……これが寿命っていうなら、それでもかまわないけど」

ユイが言った。

「……そんな……」

何か言い返そうとしたが、うまい言葉が浮かばなかった。

千野先生も、赤江老人も、親の元に帰れ、と言った。

《寿命か……》

《親の元……か……》

心の中でつぶやくと、家族の顔が浮かんだ。

母を泣かせたくはなかった。

赤江老人を先頭にして、六人は月明りの中をせせらぎに向かって歩く。

ただ他にすることがないから。

独りぼっちになりたくないから。

座りこんでいてもしょうがないから。

霧がまるで生《せい》あるかのように、うごめき、黒い食指を伸ばす。ちぎれた霧が、まるで指のようで、絆奈は身がすくむ。

薮の中に入っているので、絆奈の目からは、他の五人をしっかりと確認することができなくなってしまった。

絆奈はその場にしゃがみこんだ。

川に行こうなんて、そんなこと……。

「ユイ？　あ、ごめん、絆奈か」

とうとつに、頭の上から声がした。

「……ヒガシ……、私とユイを間違えたの？」

「うん、なんか、絆奈とユイって空気感が似ているんだよね」

「そう？　ユイは私とちがって、しっかりしてると思うけど」

「いや、そういうんじゃなくって……なんていうのかな、よくわからないけど、ふっと同じ人に見える」

変なの、と絆奈はつぶやいた。まるで裏と表くらい違うのに。

「で、絆奈はいったい何やってんの、ここにいるつもりなのか」

「別に」

絆奈は口の中で言う。

《なんか、こいつ気持ち悪い、私とユイを間違えるなんて、私よりよっぽどいい加減なやつだわ》

たった五人の仲間に心を許せない自分もいやだが、やはりヒガシを好きになれない。

「手を痛めたって、大丈夫？」

絆奈が聞いた。

「うん、なんかひねったみたいで」

ヒガシが言った。

「さっき、霧をさわったらおかしくなったって言わなかった？」

「そうだっけ。なんだか、頭がぼんやりしているんだよ。記憶が混濁しているっていうか。僕、頭を打ったんじゃないかと思うんだ」

「……ヒガシってさ、ずっとトップだった、あの松木ヒガシよね？」

「トップじゃないけど、そのヒガシだよ。……いくつか同じ授業とっているはずだよ」

「そう？　記憶にないわ」

「ひどいな、そんなに印象の弱い人間じゃないと思うけど」

「私、人を覚えるのって苦手だから」

ヒガシは、変な目で絆奈を見た。

「……私のこと、疑っているの？」

「君こそ僕をやまわろだと思っているんだろ」

「わからないわよ。ヒガシは……生きていれば、日本とか世界とかになんか、影響するすごいことをする人になるでしょうけど、私は普通に生きてみんなに迷惑かけているだけだし。特に命乞いしようってわけもなし、将来に夢とか希望とかないし」

絆奈は情けないなあ、と思いつつ言葉がこぼれてしまう。

「そんなの、僕だって同じだよ。やまわろっていう妖怪がいて、友だちがほしいっていうなら、なってもいいよ。でもさ、僕を選ぶと思うか？　はっきり言って、自分で言うのもなんだけど、性格最悪だぞ。自分さえよければいいって思っているし。友だちとして選んでもいいやつを、やまわろはさがしているんじゃないかと思わないか？　僕みたいな人間、選ばないだろう」

「……私一人でいいなら、残ってあげてもいいんだけどな」

「僕に言ってもしょうがないんだよ……僕はやまわろじゃないから」

「……私じゃだめよね」

「だからさ、僕がここにいる以上、そんな理由で選んだとは思えないんだよ。気に入ったヤツを選んだんじゃないんだ」

「……じゃあなんなの」

「わかんないよ。それがわかれば、何か、糸口が見つかると思うんだけど。その、この状態のまま、ずっといても仕方ないだろ。何かの加減で巻きこまれた人もいるだろうけど。たぶん何か理由があると思う。理由がわかればなんとかなるかもしれない。……いや、そうしたいのかどうか、僕自身よくわからないが…」

ヒガシが言ったとき、ぼちゃん、と何かが水に落ちる音がして、

「わあ」

「きゃー」

と声があがった。

絆奈とヒガシが急いで行くと、赤江老人と美羽とユイが川べりにしゃがみこんでいた。

「……拓海は?」

絆奈が聞いた。

「落ちた」

美羽が言った。

「落ちたのか? 自分で?」

ヒガシが聞く。

「あたしは……見てなかったから。音がして、見たら拓海君が川の中に消えて行った」

美羽が言い、赤江老人とユイが首をふった。

「誰も見ていないの……。流れたのか……、しずんだのか……」

ユイが言った。

そういえば、拓海は、こんな所はいやだとさっき言っていたのではないか。だから、やまわろに嫌われて……殺された。

五人は各々その場に座りこんだ。

《ここにいたくないって思っちゃいけないの……生きたいって思っちゃいけないの》

絆奈は唇をかむ。しかし、生命力の強そうなユイがここにいるではないか。絆奈や、体の弱い美羽、赤江老人、神経質そうなヒガシ。

《少なくても、拓海が落ちたとき、ヒガシは私のそばにいた》

そうなると、川に行こうと真っ先に歩き出した赤江老人が……、本当は老人でもなく、弱くもないということなのか……。

それとも、生命力の強い順番というなら、次はユイということか。

《もしも、ユイがやまわろじゃないなら……》

絆奈が思ったとき、

「あたし、あの娘の顔を思い出せそうな気がするの」

美羽が小さな声で、誰に言うともなく言った。

「あの娘か、そうじゃ、わしは声をかけたんじゃ、一人で山に入ったら危ないと。その娘はほんのそこまでと言ったはずじゃ……。もどって来たのか……どうか」

赤江老人がぼそぼそつぶやく。

「……迷ったの?」

絆奈が聞いた。

「……捜索隊が出て、見つかったはずじゃ。ちゃんと、見つかったんじゃ、生きておった、そうじゃ、生きて山を出たんじゃ、だから……新聞沙汰にもしなかった……生きていたんだ」

「それなら、願いはかなうはずなんでしょ」

赤江老人は、ゆっくりと絆奈たち四人の顔を順繰りに見た。

「そうじゃ……命だけはあったはずなんじゃ」

「待てよ、でも、僕はその話を知らないぞ。ということは、学校でも伏せているってことか?」

ヒガシが言い、美羽は震える声で話し出した。

「あたしも……知らないわ。あの娘、きっと……あたしもいじめたクラスメートの一人だと思ったんだわ。あたしが、入院してしまって、そのいじめに加担していないってこと、気づいていなかった。あたしが、何も知らないなんて、そんなこと気づかなかった。

だから、中学の名前を言ったとき、またいじめられるって思ったんだわ。あたしのせいで、あの娘は……この山に来たんだわ……」

「美羽のせいなんかじゃないわよ……、だって…誤解だし、美羽なら、たとえ学校にいたとしても、いじめになんか加担しなかったと思う」

絆奈が言った。

「……わかんないわよ、そんなの、あたしが何もしてあげられなかったのは事実だもの」

赤江老人が割って入る。

「誰のせいかってことは誰にもわからん。ただ、八十年以上生きてきてわかることは、過去は、必ずついてくるということじゃ。

一回イジワルすれば、百回イジワルが返ってくる。百回親切にしても、……何も返ってこない。それだけじゃ」

「美羽、元気出してよ、ね、がんばろう。一緒に……」

ずっと前向きだった美羽が急に落ちこんでしまったので、不安になって絆奈は美羽の手をにぎった。

「ありがとう…」

「私、美羽には何もしてあげたことはないけど、……美羽は私にずっとやさしくしてくれたじゃない。拓海だって」

思わず拓海の名前を出してしまって、絆奈はごくりとつばを飲む。

「絆奈、ありがとう」

美羽が絆奈の手をにぎりかえす。

「ちょっと、何を内輪《うちわ》もめしているの」

ユイが言ったとき、一瞬まっくらになった。

「わあ……雲が……」

絆奈は空を見あげて言った。

いつのまにか、雲が満月をすっかりかくしている。

風が吹き、雲が流れる。

満月は雲に隠れたり、出たりしている。

「やまわろが泣いておる。やまわろは、悪いことをしたいわけじゃない、ナア、あんた、独りぼっちが寂しけりゃ、自分で動くしかないんじゃ、自分で、動き出すしか、ないんじゃ。地球上には何十億って人がいるんじゃから、一人っくらいは気の合う人がいるじゃろ、それをさがす前に力つきちゃつまらん」

赤江老人は、まるで、目の前にいるユイに向かって話しかけているようだった。暗かったから、赤江老人に、前にいるのがユイかどうかわかってるのかどうかは疑問だが……。

《でも、ユイってば、何を言ってんのかしら。美羽と私、内輪もめなんて、してないのに。私、生まれてはじめてやさしい真実を言ったつもりだったんだけど。手をにぎり合うのは芝居がかっていたけど》

絆奈は首をかしげる。

「まいったな、また雨がふるってんじゃないだろうな」

ヒガシが言った。

「私だって、……こんな所にいたかないわよ。やまわろでも、妖怪でも、出て来なさい、どこにいるの、私と勝負しなさいよ、どこにいるの、私たちのこと、見えているんでしょ、何するつもりなの」

ユイが仁王立ちして、叫ぶ。

「私が相手になるわよ」

「ちょっと、何してるの」

絆奈が言う間もなく、ユイが走り出した。

「待ってってば、迷子になるわよ」

ユイの足音を頼りに絆奈は歩き出す。

●

絆奈とユイを見送って、美羽が言った。

「ねえ、ヒガシ君はどう思っているの？」

「どうって……まあ、ユイみたいに走り出したい気持ちはわかる、だって、ここでこうしていてもしょうがないだろう。……ひょっとすると、信じられるのなんて、自分だけかもしれないし。ただ……、僕は……こう見えても、一人で生き抜くほど強くはないんだ。誰かと一緒にいたほうが楽だ。だいたい、勉強するのだって他に思いつかないからなんだ。とりあえず、勉強して、とりあえず、大学に行って……。そのうちにやりたいことなんかも出てくるだろう、すこしでもいい大学に行けば、選択肢が広がるだろうって、それだけのことなんだ。

今のところ、特に何をやりたいって意志もないから。

こんな風に、何かの流れに乗るのも……何かの運だと思う。

何か見つかればいいとは思うけど……どうなんだろうな」

ぽつんぽつんとヒガシが言う。

「ヒガシ君には選択肢が多いから、迷うのね……あたしは、あまり丈夫じゃないから、できることが限られているもの。働きたいって思っても、徹夜とか残業に耐えられるとは思えないから」

「いや、……僕も、表と裏ではずいぶん違うんだ。……どうした？」

「ごめんなさい、ちょっと気分が悪くて」

美羽は胸がむかむかするのを感じて、ヒガシと赤江老人に背を向けて、薮の中に入っていった。

《あの娘の名前、ほんのここまで出ているのに……》

美羽は心の中で記憶を探る。

中学生のとき、ほんのひととき同じクラスだった女の子。やせてて、青白い顔をしていた。

ほんの一瞬だけ、笑顔を見せた。

自己紹介のとき、誰かが、

「かわいらしい名前ね」

と言ったとき、ニコッとして言った。

「父がつけてくれました」

おだやかな笑顔だった。

入学式で見たあの娘に、

「ねえ、多賀中にいなかった?」

と声をかけたら、おびえた顔をしていた。

笑顔はなかった。

あのとき、美羽は懐かしい顔を見たうれしさで、すっかり忘れていたのだ。

イジメはあった。

あの子の名前は思い出せないけれど、いじめられた理由は知っている。それは、あの子にはなんの責任もないことだった。

高校生だった兄が無免許で事故を起こした。

『ヒトゴロシ』

彼女が転校して来たその日に噂は広まった。

あの子は目を伏せて震えていた。

そんな大切なことを忘れて声をかけたのだ。

あの子は美羽が、兄の事件を言いふらし、またヒトゴロシと呼ばれるようになると思ったに違いない。せめて、他の子が気づくまでは、はじめて会った友人として接すればよかった。

《あの子……。あれ以来学校に来なかった……》

懐かしくってさがしたから知っている。

もしかすると友だちになれるかもしれないと思った。

「えっ」

記憶の中の少女の顔がひらりと脳裏に浮かんだ。

「えっ、そんな……」

声をあげたつもりだったが、出なかった。

呼吸が苦しくなって、その場に倒れこむ。

六　爆音

「ユイー、ユイー」
絆奈は叫んだが、すぐにユイの姿を見失ってしまった。
「ユイ、どこにいるの……」
すっかりあたりは暗くなり、絆奈は動けなくなってその場にしゃがみこむ。
爆音、そして稲光。
《どこに……、どこに落ちた？》
だけどここは現実の世界ではないはず。
心に浮かんだ問いに絆奈は首をふる。
じゃあどこだと言うのだ。
《誰かの心の中……》
暗くて、稲光がして、生《せい》の息吹のない枯れ草と薮ばかりの。

絆奈はゾッとした。

それは、なぜ存在するのか。

現実世界に扉をあけているというのか。

《やまわろ……》

四次元空間、重なり合う世界。

誰が生み出した狂気……。

《まさか……》

絆奈は、映画で見たか、漫画で読んだかの世界を思い浮かべて、まさか、とつぶやいた。

そんな世界が存在するわけはない。

ただの空想だ。

どのくらい時間がすぎたのだろう。

時間、と言う観念があればのことだが。


赤江老人と二人きりになったヒガシは座りこんでぼうっとしていた。

こんな風にぼんやりしたのは何年ぶりだろう。

《僕はこの場所を気に入っている……》

ヒガシはどきりとした。

現世より、この何かわからない場所のほうが自分の居場所のような気がする。

「ここは居心地がいいかい」

赤江老人が聞いた。

「……え？」

「楽しんでいるじゃろう」

「……いや……」

「辛いか……、あっちは？」

ヒガシはこたえなかった。


「おおい、みんなー、無事かー」

ヒガシの声だ。絆奈はぴくりと顔をあげる。

「美羽ー、ユイー、絆奈ー」

なぜ、美羽を呼んでいるの、と絆奈は首をかしげた。ユイと自分を追って、美羽まで来たというのか。しゃがんだまま息をひそめてようすをうかがう。

《ヒガシ、彼がやまわろなの……》

どうしてもヒガシに心をひらけずに、絆奈が黙っていると、

「美羽、美羽どうした、わかったって……何が」

ヒガシの叫び声が聞こえ、絆奈は立ちあがった。

「どうしたの？　美羽が？」

「なぜなんだ……」

ヒガシが一人立ちつくしている。

「だから、美羽は……」

絆奈はヒガシの視線を追って、言葉を失う。

真っ黒な、ちょうど美羽の大きさの塊がじゅわじゅわと音を立て、……消えてゆく。

「雷に……」

ヒガシがつぶやく。

「……美羽、なの？」

絆奈は総毛立つのを感じた。

《ヒガシが目の前にいた？》

赤江老人はどこか、と絆奈が見まわすと五メートルほど先に座りこんでいる。

「なんだかわかんないけど、……わかったって言ったんだ。そして」

呆然とつぶやくヒガシを絆奈はにらみつけた。

やっぱりヒガシがやまわろだったのだ。

「美羽、最後に助けてって言わなかった？　あなたに」

「なんで僕に助けられるんだよ」

「ここは、いったいどこなの？　あなたは誰なの？」

美羽と拓海は前から知っている。そう、千野先生も。

ヒガシとユイ、赤江老人と、自分の知らなかった人ばかりが残っているのだから、夢ではない。ユイはここにいない。ということは、美羽に、ヒガシが何かをしなかったという証拠はない。

「僕？　僕は……何を言ってるんだよ」

絆奈の視線がきつかったのか、ヒガシは身を引くようにした。

「やまわろは、寂しいんじゃゃ、寂しいから……といってこんなことをしちゃいけないんだ」

赤江老人はぶつぶつ言ったかと思うと、思いがけない早さで立ちあがって絆奈を指さした。

「あんたじゃな、あんたが……」

「わ……私……」

絆奈はどきんとした。

《そうだ……、私だ……》

あの日、あのとき、自分はすべての望みを失って、死ぬことばかり考えていた。どうすれば、楽に死ねるかと。

そして……。

《ここは私の想念の中……》

生きることに執念を燃やす人たちを順に抹殺《まっさつ》した。

《私はそんな……妖怪になりはてていた……》

そしてこの山に住みつき、人々を食い散らかして生きて来た。

《生きて?》

いや、成仏《じょうぶつ》できずにさまよっている。

《ここは私の作り出した幽界……》

でも、それならどうしてヒガシをここにおいているのだろう。私を一番邪魔にしそうな人なのに。もしかすると、どこかで彼に頼っているのだろうか。

それとも……。

「私が素直に、あの世に行けば、ここにいる三人は助かるの？」

それならそれでもいい。

でも、自分なら美羽や拓海を犠牲にはしない。自分の分まで幸せになってくれと願うはずだ。いつもやさしかった彼らの不幸を願うほど自分は落ちぶれてはいない。

絆奈は、拓海と美羽の顔を思い浮かべて唇をかんだ。

「ユイはどこにいるんだろう」

ヒガシがぼそりとつぶやいた。

「……やまわろだったか……」

赤江老人がつぶやく。

「ちょっとあんた、さっきは私って言ったじゃない。……ひょっとして、あんたなんじゃないの」

絆奈が赤江老人に向かって叫ぶ。

「あんたは生きたくないの？」

「わしは……、じゅうぶんに生きた。まだやり残したことはあるけれどな……」

「じゃあ、やっぱり、やまわろはあんたでしょう、あんたが……寂しいもんだから、若い私たちを道づれにしようとしているんじゃないの」

「わしにゃあ、もう、そんな力は残っていないよ、弱いから、こんな風に引きずられるんだ」

「わざとらしいこと言わないでよ」

「待てよ、絆奈、ケンカしてどうなる」

ヒガシが言った。

「そんなことより、ユイをさがさなくちゃ」

「で、でも、私は……私が何か……」

絆奈は両手で頭をかかえてしゃがみこんだ。

「しっかりしろ、絆奈。よく考えるんだ」

ヒガシが絆奈の背中をたたく。

「絆奈じゃない、絆奈にそんな根性はない。僕は知っている」

「な、何よ」

「一年も同じクラスにいたんだ、わかるよ」

「……そ……そう……一年も、ね……」

「君はもっと考えなしで適当なやつだ、……深い意志や情念など持っている人間ではない」

「そこまで言わなくたっていいじゃない」

「わかるんだよ、僕も似た者同士だから」

「似てなんかいないわよ」

「まともな人間なら、明るくて楽しい元気なヤツを選ぶと思わないか?」

「ヒガシは、頭いいし、決断力も……将来性もあると思うわよ」

絆奈は本気で言った。

「そう感じるのは、君が普通の人間だからだ。僕のダメ人間ぶりがわかるやつ、それはやまわろしかありえないんだ」

「けど……、私は……」

絆奈はしゃがんだまま顔をあげてつぶやく。

「そうじゃ、わしにもわかる」

赤江老人が絆奈の背後をゆびさして言った。

「わしが言ったのは、そいつのことじゃ」

絆奈がふりかえると、そこに真っ青な顔をしたユイがいた。

「そうよ、私よ、私が……」

ユイが言った。

「だって、だって……誰も私を覚えていなかったじゃない。美羽だって、全然気がつかなかった。一か月も私をいじめたくせに。それに、ヒガシ、入学式に話をしたじゃない、なのにどうして私に気づかなかった？ それから絆奈、どこで私に会ったか覚えていない？ 私がわからないの？」

「……私、記憶力弱いから」

「だれも私のことなんか……だから……」

「待て、どうしても、一人がいやなら、僕が残るよ。うちにはできのいい兄貴と、元気な妹がいる。僕一人いなくなっても……」

ヒガシが言いかけた。

「私も、いいわよ、ユイ、一緒にいてあげるよ……あ、いてあげるってのは上から目線でよくないわね、一緒にいましょう。うん、大丈夫。私だって、百人の役にはたたなくても、たった一人の役には立つと思うんだ。それが、ユイなら、満足だわ」

「絆奈」

ユイが涙をためた目で絆奈の手をつかもうとした。

「だめだ。皆、帰すんじゃや、あんたは、あんたの責任を自分で取らなくちゃだめだ。甘えてはだめだ。やまわろになどなってはいけない」

赤江老人が言うと、

「あんたから消えろっ」

ユイは、思い切り赤江老人を突きとばした。

「やめなさい、やめるんじ……」

言いながら、赤江老人がじゅうじゅうと音を立てて消えて行った。

「逃げるんだよっ」

絆奈の手をとったのは、ヒガシだ。

「逃げるって、どこに」

「わかんないよ」

「どこに行っても、見つかっちゃうわよ、私はユイのためなら……」

「こんなのおかしいよ。ここでこうすることがユイのためになるわけじゃないよ」

「……だって、ほかの方法が考えつかない……」

「生きることだよ、何になれるかわかんないけど、自分の人生は自分でつかむんだよ、ここでこうすることでは、僕らのためにも、ユイのためにもならないよ。僕らはここから出なきゃいけない。出て、戦うんだよ。ダメだったら、あきらめる、座ったまま、餌食《えじき》になるのはいやなんだ、一緒に行こうよ、がんばろうよ」

絆奈は、ヒガシについて走り出そうとしたが、

「待って、私、もしユイが……そうなら、何かしてあげたい」

と、立ちどまった。

「だって、寂しいんでしょ、寂しいのは、私も同じなの、こんなこと……これで終わったらまた新たにはじめるだけじゃない。私、まだ、誰の役に立ったこともないから、……

せめて、ここで何かできることをしたい」

「この霧を突き抜ければ、助かるかもしれないんだよ、絆奈を待っている人がいるだろう」

「でも、……ユイをつれて行かなければ」

絆奈はヒガシを振りきって、ユイを振り向く。

「あっ、……絆奈、もどれ、う、うわっ」

ヒガシが霧の中にすいこまれてゆく。

「絆奈、一緒に生きよう、なんとかなるよ、なんとか、しようよ」

ヒガシの声が消えて行った。

「ユイー、どこにいるの、ユイ」

叫ぶまでもなかった。

ユイはすぐ近くにしゃがみこんで口を押さえていた。

「立ちなさいよ、こんなんじゃ、こんなんじゃ、……何もできない。何も……」

絆奈はユイを引きずって霧に向かった。

まるで埋まった石を引っぱっているように重い……。

「ユイ、がんばって……ユイ……」

七　目覚め

「こっちだー、息があるぞ」

絆奈は急におそった全身の痛みに顔をゆがめて、

「うう……ん」

と、うなった。そのとたんに何かが口の中に入ってきて、げほげほっとむせた。

「口をあけるな」

「待ってろ」

たくさんの声に、頭がすこしずつしっかりしてくる。

《何……これ……》

霧の中に突っこんだはずなのに、ここはいったいどこなのだろう。

目をあけようとしたが、なぜかひらかない。

《冷たい……》

体中が冷えきっている。手を動かそうとしたが何かに埋まっているらしく、うまく動かない。

《……何かに……埋まってる？》

この感触は……砂か、泥？

「じっとしてて」

男の人の声とともに、顔がぬぐわれた。

「目、あけられるか？」

絆奈はゆっくりと目をあけた。

「まぶしい……」

オレンジ色の作業着姿の男の人たちの顔、ぽかんとした青空。

大きな太陽。

白い雲。

「大丈夫か」

「は……い」

絆奈はなんとか返事をした。

「がけ崩れがあって、山小屋ごと流されたんだ。もうすこしだから、がんばれがんばれ」

目を動かすと、自分が泥の中にいるのに気づいた。

《何これ……》

青い空をながめながら、心の中で問う。

「おーい、はんにゃ」

「はんにゃじゃねえよ、絆奈だよ」

つい言い返して、あ、拓海の声だ、と気づいて絆奈は目をぐるりと動かす。すると、やはり泥だらけの拓海が手をふっている。

「あ、無事だったの。皆は？　皆は？」

「千野先生、美羽、敦とさおり、ヒガシ、それからはんにゃ、おまえが最後だ」

「え、ちょっと待ってよ、たりないわよ、だって……」

「全員なんだよ、それで」

「それはどういう……」

言いながら、絆奈は気が遠くなっていった。

その次に絆奈が気づいたのは病院のベッドの上だった。

「大丈夫か？」

「ああ、気づいた、よかった」

両親が安堵の声をあげ、

「ほーんと、あんたって、悪運強いわねー」

と、三つ上の姉がげらげら笑った。

「うるさいっての」

言ったつもりが、かすれた声がわずかに出ただけで、

「だ、大丈夫、どこか痛い？」

笑っていた姉が絆奈のベッドにおおいかぶさって聞いた。

「……目が痛い。ブスを間近で見ちゃったから」

「ばーか」

「ブース」

「あんたこそ」

「もう、こんなところでけんかしないでよ、みっともない」

母があきれた声をあげた。

●

その後、絆奈は二日ほど入院して検査をしたが、特に問題もなかったので退院できた。喘息をぶりかえして一週間退院の遅れた美羽を待って、絆奈と拓海、ヒガシの四人で駅前のファストフードに待ち合わせた。

美羽とともに先に待ち合わせ場所についた絆奈が聞いた。

「元気になった？」

「大丈夫。……たぶんね」

美羽はやさしい笑顔を浮かべた。

「……なんか、いろいろ考えちゃって。敦とさおりはなんにも覚えていないんだって？」

「あたしがさおりちゃんに聞いたら、きょとんとしていた。でも、本当のところはわからない。あんまり考えないようにしているのかもしれない。……考えてもわからないことばかりだから。それに、さおりちゃん、サッカー部のマネージャー、やめたんだって。友だちとたくさん時間をつくりたいからって」

「ふーん、あの、ジュンちゃんと聖子だっけ？　何度もさおりが二人を言うから覚えちゃった」

「そうみたい。彼氏より女友だちのが大切だって。……でも、敦君と別れたってことじゃないらしいわよ。……ねえ、絆奈はどのくらい覚えている？」

「たぶん、全部覚えている、だって最後までいたもの」

「赤江さんのことも？」

「うん。……白骨死体だったんだってね。手を千野先生がにぎりしめていたって」

「……千野先生、お母さんと二人暮らしなの、だから、逃げるときにお年寄りの手を真っ先にとったのね」

「……う、うん……」

脳裏に千野先生が手をにぎりしめて来た姿が浮かんで、ぶるっと震えた。その前に、白骨死体だった赤江さんが人の姿をとってあの場にいた説明はないのだけれど。

つまり、あの時点で、絆奈たちはやまわろにとりこまれてしまっていたのだ。

二人が話していると、拓海とヒガシがやって来た。

「よ、元気か」

「遅くなって悪い」

拓海もヒガシも話しながら来たらしく、さっぱりした顔をしている。

「何か、わかったの？」

絆奈が聞いた。

「わかったってわけじゃないけど、……ヒガシと俺の結論って感じかな」

拓海が話し出した。

「……たぶん、やまわろって言うのは、赤江さんであって、赤江さんじゃないんだ。赤江さんは、二年以上前に、山で行方不明になっていたんだ。……きのこ採りに行って、具合いが悪くなったか、事故にあったか……そういうことなのだろう。けれど、結局発見されずに白骨化した。……それがやまわろのしわざかどうかはわからない。

そのあと、やまわろが赤江さんの体をかりてよみがえろうとした。……多喜川ユイのために」

「ユイのために……」

絆奈がつぶやいた。

「そう、あたし、思い出したの。中学時代にいじめにあって転校を繰り返して……それからこの弥生高校に来た女の子の名前を。多喜川ユイだった。……思い出した瞬間にこっちに来ていた。あたし、忘れていたのよ、その女の子のこと」

美羽が言った。

「俺もだよ。……俺が小五のとき、母親が無免許運転の高校生のバイクに引っかけられた。その高校生は、多喜川ユイの兄貴だったんだ。母親は、ほぼ健康は取りもどしたけれど、百パーセントってわけじゃない、ウチにもいろいろあってさ。

多喜川ユイは兄貴の事故の後、母親の姓にかわっていたんだ。……そこまで突き止めるくらい、俺も憎んでいた。

でも、彼女には罪はないからと、母親が元気になるにつれ、彼女の姓を忘れていた。忘れようしていた……のかな。それを思い出したとたんに、あの世界から飛ばされた」

「……僕は入学式の日に、多喜川ユイに出会っていたんだ……」

ヒガシが言った。

「自分は名乗ったけど、彼女の名を聞いたかどうか、記憶にない。ただ、僕もケガでサッカーをやめなきゃならなかったり、自分の夢を見失ったりして、そんな出会いのことなどすっかり忘れていたんだ。

千野先生はもちろんユイのことを知っていたし、さおりは、学年は違うけれど同じ中学だったことがあるんだよ。だから、例の山の怪談を知っていたんだ。それから、敦はユイとのつながりははっきりわからないけど、子どもの頃にあの山に何度も登っているんだ。だから、やまわろが……まあ、山の精みたいなものだと仮定すると……敦を知っていたことになる」

「……私だけか……」

絆奈はため息をついた。

「どこかでユイと関係があったか、全然、わからない……。だから、私ってだめなんだよなあ」

「はんにゃはわからないか」

「はんにゃじゃねえよ、絆奈だよ」

絆奈が言うと、くすっと美羽が笑った。

「何？」

「変なこと言った？」

絆奈と拓海が同時に聞いた。

「そのやりとり、どこにいても同じだなあって思って」

美羽が言い、絆奈と拓海はうんざりした顔を見合わせた。

「絆奈は……ともかくとして。結局、ユイとなんか関係のあった人が集められたんだよ」

ヒガシが言った。

「……しかえしのため？」

思わず絆奈が聞いた。

「ううん、そうではないと思うの。やまわろは、独りぼっちのユイのために、友だちを作ってあげようとしたのよ。本来の姿をあらわすと、あたしたちがおびえるし、たぶん、ユイが山に入ったとき、まだ成仏していない赤江さんがユイを見ていたのよ。だから……うまく言えないけど」

美羽は言いよどんだが、絆奈はなんとなく言っている意味がわかった。拓海とヒガシもうなずいていた。

やまわろと赤江老人の波長がぴたりと合ったということなのだろう。

「たぶん、最後に残った絆奈とユイは、すごく関係が希薄だったか、……絆奈が最後にユイとすれ違ったか、そんなところなんだろう。僕は名前も知らない同じ新入生としてしか会わなかったから、名前を聞いても顔を見てもさっぱりわからなかったわけだし。……一日しか学校に来ていないから、ユイと関係のある人ってすごく少ないんだよ」

ヒガシが言った。

「でも、でもね、逆に言うと、たった一日であたしとヒガシ君には会っていて、ちゃんと心の底に残っているのよ、それはすごいことだと思う」

「……そうかもしれないいな。まあ、俺の場合は……気づかなくてよかったんだけど。彼女は、わかってたと思うよ、高池なんて苗字、そう多くはないし」

拓海が言った。

「今だから言うけどさ、僕は絆奈とユイが同一人物かもしれないって思ってさ。ほら、僕は赤江さんがやまわろの話をしたとき、いなかったからさ、……絆奈とユイが分裂して、そのときに僕らが取りこまれたのだと思った。なんか、変なんだけど、僕と絆奈の間に何か関係があったっけって思ってた」

「えーっ、はんにゃとユイがー」

拓海がおおげさにのけぞると、

「はんにゃじゃねえよ、絆奈だよ」

笑いを含んだ声で美羽が言った。

「あのねー」

絆奈も笑ってしまった。

「助かったって聞いたとき、ユイがいなかったし、ああ、やっぱり絆奈とユイは同じなんだと思った」

「たしかに、ヒガシが私を見る目は恐怖に満ちていた」

「絆奈だって僕を化け物のような目で見ていた」

「仕方ないじゃん。よく覚えていなかったんだもん、後から来たし」

「それがおかしい。僕は絆奈をちゃんと覚えていたのに」

「はいはいすいませんね。でも私、そんなに印象強いほうじゃないと思うけど」

絆奈が言うと、拓海が、ぶっとふきだして言った。

「いや、そんなことないと思うよ、一千万人行くなら、わたしゃ行かないってタイプだもの、みんなが去った後に座りこんで、ふわーとあくびでもしていそうだ」

「……まあ、そうだけど」

「それに印象が薄いかどうかは、人によって違うからさ。元気な人に目が行く人もいるし、静かな人に目が行く人もいる。とりあえず、美人だけ覚える男もいるけど」

ヒガシが言った。

「ふーん、でもさ、……私、拓海と美羽は一度も疑わなかったよ。拓海は昔から知ってたし、美羽は最初に手をつないでいたから……適当な理由だけど。でも、二人がいなくなっちゃってからは、自分じゃないかと思ってドキドキしていた。いつもぼーっとしていたから、心の中で何かが……脳みそのつかってない部分がガガーッと動いちゃったとかさ、で、みんなを犠牲にしちゃったんだろうかってさ。……自分が怖かった」

「げ、ありそう。俺は、ユイは同級生だと思ってたけど、赤江さんはなんか変だなあとは思ってた。けど、年寄りと接する機会ないからさ、もう、なんつうか人間じゃない感じがして、そういう偏見を持っちゃいけないって、ずっと自分を制御してた」

「……あたしは信じてくれたんだ」

美羽がため息に近い声で言った。

「俺も信じてたよ」

「僕も」

「私も」

「そう、ありがと。でも、あたしは……誰を信じていたわけでも、誰を疑っていたわけでもないわ」

「仕方ないよ、美羽から見れば、私なんて宇宙人だもんねー」

「そうだそうだ、小さい頃から知ってる俺にとっても、絆奈は宇宙人だ。人だからな、一応。けどさ、なんか、いろんなことを考えたよな」

「そうね、できたらユイちゃんに、会いたいな……」

「どこにいるんだろうな……。山、なのかな……」

「赤江さんは、救急車で運ばれたって言ってたよね……。正確にいうと、赤江さんとやまわろの複合人だけどさ」

「それだけで生きているとは限らないけど……、幸せになってほしいな」

みんなの話を聞きながら、絆奈は、手にユイの感触が残っているような気がしていた。

ユイが山ではなく、まだ現実にどこかで息をしているような気がしていた。

●

四人が話してから一か月後、絆奈は病院の入院病棟にいた。

《ここに……いたのね……》

絆奈はガラスの向こうで眠ってる少女を見つめて心の中でつぶやいた。自分とユイの関係はどこにあったのだろう。あれから絆奈はさんざん考えた。

そして、もしかすると、盲腸のあと経過診断のために来ていた病院なのではないかと思いついたのだった。

入学式の翌々日だった。

診断を終えて帰る絆奈は、救急車で運びこまれた多喜川ユイに会っていたのだ。

桜がほぼ散り終えた、新緑の季節。

病院の敷地には菜の花が揺れていた。

その後、同じ高校の少女が入院していることを看護師に聞かされていたが、知らない子だったので絆奈の記憶には残らなかった。

多喜川ユイは生きていた。

去年、幸せになるおまじないのために山に入り、崖から転落して意識不明の重体になっていたのだ。

ユイの枕元にはお母さんらしい女性が疲れきった顔で座っている。

「……ユイ……」

絆奈は眠り続けるユイに呼びかけた。

ユイと絆奈って空気感が似ているんだよな……。

ヒガシの言うとおり、自分は、ここに眠っているユイとさほど変わらない時間をすごしていたかもしれない。

「しっかりしなきゃ。ユイがもどってきたときのためにも。帰っておいで、ユイ、待ってるから」

そうつぶやくと、ユイのマブタがぴくりと動いたような気がした。

参考文献

〔図説〕日本妖怪大全　水木しげる　講談社α文庫
トム・ソーヤーの冒険　マーク・トウェイン　角川書店

釛子　ふたみ
茨城県日立市生まれ。東京都立大学工学部工業化学科卒業。
「第９回マシェリ・ミニエッセイ賞」澤口たまみ賞受賞『終の花園』。
ほかの作品に『ひかるこ』（大日本図書）がある。
児童文学サークル「ひなつぼし」所属。

やまわろ

2010年９月25日　第１刷発行

著者
釛子　ふたみ
発行者
佐藤　淳
発行所
大日本図書株式会社
〒112-0012
東京都文京区大塚3-11-6
電話　03-5940-8679
振替　00190-2-219
受注センター　048-421-7812
印刷
星野精版印刷株式会社
製本
河上製本株式会社

ISBN978-4-477-02362-5